AF450635

ANNALES DU MUSÉE GUIMET

REVUE

DE

L'HISTOIRE DES RELIGIONS

PUBLIÉE SOUS LA DIRECTION DE

MM. JEAN RÉVILLE ET LÉON MARILLIER

AVEC LE CONCOURS DE

MM. E. AMÉLINEAU, Aug. AUDOLLENT, A. BARTH, R. BASSET, A BOUCHÉ-LECLERCQ, J.-B. CHABOT, E. CHAVANNES, P. DECHARME, L. FINOT, I. GOLDZIHER, L. KNAPPERT, L. LEGER, Israel LÉVI, Sylvain LÉVI; G. MASPERO, P. PARIS, F. PICAVET, C. PIEPENBRING, Albert RÉVILLE, C.-P. TIELE, etc.

VICTOR BÉRARD

—

LES PHÉNICIENS

ET

LES POÈMES HOMÉRIQUES

PARIS

ERNEST LEROUX ÉDITEUR

28, RUE BONAPARTE, 28

—

1899

La REVUE DE L'HISTOIRE DES RELIGIONS paraît tous les deux mois, par fascicules in-8° raisin, de 8 à 10 feuilles d'impression.

Prix de l'Abonnement annuel : Paris . . . . **25** fr. »
— — — Départements . . . . . . **27** fr. **50**
— — — Etranger . . . . **30** fr. »
Un numéro pris au Bureau . . . . **5** fr. »

La Revue est purement historique ; elle exclut tout travail présentant un caractère polémique ou dogmatique.

Prière d'adresser tous les ouvrages destinés à la Revue à M. JEAN RÉVILLE, ou à M. L. MARILLIER, *directeurs de la Revue de l'Histoire des Religions*, chez M. Leroux, éditeur, 28, rue Bonaparte, à Paris.

LES PHÉNICIENS

ET

LES POÈMES HOMÉRIQUES

οἱ δ' ὁμηρικώτεροι, τοῖς ἔπεσιν ἀκολοθοῦντες ...
Strab., VIII, p. 330.

Parmi les historiens récents, qui ont étudié les origines du peuple grec et la question si controversée des influences orientales, aucun n'a été plus affirmatif que M. J. Beloch. Pour lui, il ne peut y avoir doute au sujet de l'influence primordiale et décisive, que tous attribuaient jadis, que certains attribuent encore au commerce phénicien sur la civilisation primitive des Grecs : cette influence n'a jamais existé. La fréquentation par les Phéniciens de l'Archipel primitif est une légende : on en chercherait vainement un indice dans les textes dignes de foi ou dans quelque monument indiscutable et authentique. M. J. Beloch a résumé cette opinion dans les premiers chapitres de son *Histoire grecque*; il l'a imposée à une grande partie du public par la légitime popularité de cette histoire; mais il l'a défendue plus vivement encore en un article du *Rheiniches Museum* : *Die Phoeniker am Aegaeischen Meer*[1].

Hérodote, dit-il, se trompe, au début de ses Histoires, quand il recule jusqu'aux siècles lointains de la légende argienne la description d'un marché phénicien sur les plages de l'Argolide. La présence des Phéniciens dans l'Égée primitive ne nous est attestée par rien, ni par les poèmes homériques, ni par l'histoire du commerce, ni même par celle de l'alphabet, ni par l'archéologie, ni

____

1) *Rhein. Mus.*, 1894, p. 111 et suiv.

par la toponymie, la linguistique ou la philologie. Je ne voudrais examiner ici que la première de ces assertions et étudier les passages des poèmes homériques, où apparaît le nom des Phéniciens.

Si l'on dresse le tableau de ces passages, dit **M. Beloch**, on a :

Σιδόνιοι Ζ 290; Ψ 743; δ 84, 618; ο 118.
Φοίνικες; Ψ 744; ν 272; ξ 288; ο 415, 417, 419, 473.
Σιδών et Σιδονίη Ζ 291; ν 285; ο 425.
Φοινικίη δ 83; ξ 291.

au total dix-sept citations, dont quatre dans l'*Iliade* et treize dans l'*Odyssée*. En réalité ces dix-sept citations se réduisent à deux passages de l'*Iliade* et à quatre passages de l'*Odyssée*.

— Au chant VI de l'*Iliade* (v. 290-291). Hécube descend vers la chambre où, dans les aromates, θάλαμον κηώεντα, sont conservés les peplums brodés, œuvres de femmes sidoniennes qu'Alexandros lui-même, le héros divin, avait ramenées de Sidonie à travers la vaste mer,

ἔνθ' ἔσαν οἱ πέπλοι παμποίκιλοι, ἔργα γυναικῶν
Σιδονίων, τὰς αὐτὸς Ἀλέξανδρος θεοειδὴς
ἤγαγε Σιδονίηθεν, ἐπιπλὼς εὐρέα πόντον.

— Au chant XXIII de l'*Iliade* (v. 740-745), Achille offre, comme prix de la course, lors des funérailles de Patrocle, un cratère d'argent bien travaillé, contenant six mesures et dépassant tout en beauté, puisque c'étaient d'habiles Sidoniens qui l'avaient soigneusement façonné; des hommes phéniciens l'avaient apporté sur la mer nébuleuse et l'avaient exposé dans les ports, puis l'avaient donné en cadeau au roi Thoas,

....ἐπεὶ Σίδονες πολυδαίδαλοι εὖ ἤσκησαν,
Φοίνικες δ' ἄγον ἄνδρες ἐπ' ἠεροειδέα πόντον,
στῆσαν δ' ἐν λιμένεσσι, Θόαντι δὲ δῶρον ἔδωκαν.

— Au chant IV de l'*Odyssée* (v. 83-84 ; v. 618), Ménélas parle de ses voyages à Chypre, en Phénicie, chez les Égyptiens, les Éthiopiens, les Sidoniens et les Erembes,

Κύπρον Φοινίκην τε καὶ Αἰγυπτίους ἐπαληθεὶς,
Αἰθίοπας θ' ἱκόμην καὶ Σιδονίους καὶ Ἐρεμβούς,

et il donne à Télémaque un cratère travaillé, tout d'argent fondu, avec des lèvres cloisonnées d'or, qui lui vient du roi des Sidoniens, Phaidimos, son hôte.

> δώσω τοι κρητῆρα τετυγμένον · ἀργύρεος δὲ
> ἔστιν ἅπας, χρυσῷ δ' ἐπὶ χείλεα κεκράανται,
> ἔργον δ' Ἡφαίστοιο · πόρεν δέ ἑ Φαίδιμος ἥρως,
> Σιδονίων βασιλεύς.

— Au chant XIII de l'*Odyssée* (272-285), Ulysse invente le mensonge d'une navigation en compagnie des Phéniciens illustres : de Crète, ils devaient le passer en Élide ; mais la tempête les jeta sur la côte d'Ithaque où ils le débarquèrent ; puis ils retournèrent vers leur Sidonie aux belles maisons,

> αὐτίκ' ἐγὼν ἐπὶ νῆα κιὼν Φοίνικας ἀγαυοὺς
> ἐλλισάμην καί σφιν μενοεικέα ληίδα δῶκα....
> οἱ δ' ἐς Σιδονίην ἐὺ ναιομένην ἀναβάντες
> ᾤχοντο.

— Au chant XIV de l'*Odyssée* (v. 288-310), Ulysse invente une autre histoire de naufrage en compagnie de Phéniciens, qui, d'Égypte, l'avaient emmené chez eux, puis le ramenaient à travers la mer de Crète,

> δὴ τότε Φοῖνιξ ἦλθεν ἀνήρ, ἀπατήλια εἰδώς,
> τρώκτης, ὃς δὴ πολλὰ κάκ' ἀνθρώποισιν ἐώργει ·
> ὅς μ' ἄγε παρπεπιθὼν ᾗσι φρέσιν, ὄφρ' ἱκόμεσθα
> Φοινίκην, ὅθι τοῦ γε δόμοι καὶ κτήματ' ἔκειτο.

— Enfin, au chant XV de l'*Odyssée* (v. 405 et suiv.), Eumée raconte son enfance dans l'île Syria, son éducation par une *nurse* phénicienne, et son enlèvement par des Phéniciens, qui ont séduit sa bonne et qui sont venus le vendre à la côte d'Ithaque.

I

Ce dernier passage est de beaucoup le plus long, le plus circonstancié et, je crois, le plus important ; tous les autres d'ailleurs s'y rattachent facilement : nous le prendrons pour centre de notre étude. Les philologues ont cru y remarquer un certain air de modernité : Kirchhoff le rapporterait volontiers au travail de recension et de réfection des viii° ou même vii° siècle, sans donner, d'ailleurs, aucun bon argument à l'appui de cette opinion. Je crois qu'à l'étude ce passage nous apparaîtra, ou du moins les faits qu'il relate nous apparaîtront comme exactement contemporains de la civilisation, de la vie sociale, des habitudes de navigation et de commerce, de toutes les mœurs décrites par le reste du poème homérique. Mais il faut l'étudier mot par mot, comme « les plus homériques » de Strabon, qui prennent la peine de « suivre vers par vers l'épopée ».

V. 403-404. Tu as entendu parler, sans doute, d'une île qu'on appelle Syrie, au delà d'Ortygie, à l'endroit où tourne le soleil.

> νῆσός τις Συρίη κικλήσκεται, εἴ που ἀκούεις,
> Ὀρτυγίης καθύπερθεν, ὅθι τροπαὶ ἠελίοιο.

Dans cette île Συρίη, les anciens reconnaissaient l'une des Cyclades, Σῦρος, l'île actuelle de Syra; Ὀρτυγία, l'*île aux Cailles*, était alors un autre nom de Δῆλος ou de Ῥήνεια. Telle est du moins l'opinion de Strabon et des scholiastes [1], et c'est aussi l'opinion de la plupart des critiques contemporains [2]. Quelques-uns pourtant des uns et des autres ont pensé à l'Ortygie sicilienne, à la petite île côtière qui contenait la fontaine d'Aréthuse et formait, dans la ville de Syracuse, le quartier de l'Ile, Νᾶσος [3]. Mais cette opinion semble peu défendable. L'*Odyssée*, en effet, nous parle de deux îles, l'une Συρίη, l'autre Ὀρτυγία. Or sur la côte sicilienne, nous ne trouvons qu'une seule île, qui s'appelle Νᾶσος ou Ὀρτυγία; c'est vainement que l'on a voulu découvrir une différence entre Νᾶσος et Ὀρτυγία, de façon à avoir d'une part le quartier d'Ortygie et d'autre part le quartier de Nasos, dont un autre nom serait Συρίη. On ne peut soutenir cette hypothèse, qu'aucun texte ne légitime, sans se mettre en contradiction avec les textes les plus formels [4]. Dans l'Archipel, au contraire, les positions respectives de Syra et de Délos conviennent exactement à la description homérique, ces deux îles se trouvant par la même latitude (environ 37° 25'), mais l'une, Syra, par 22° 33' de longitude est, l'autre, Délos, par 22° 57'. Quant à la différence entre les deux noms Συρίη et Σῦρος, Eustathe l'expliquait déjà en rappelant que telle autre île, voisine de Chios, s'appelle, suivant les auteurs, Ψυρία ou Ψῦρος, dont

1) Strab., X, 5, 8. Eustath., *Comment.*, 1787, 15.
2) Voir Schlegel, *de Geogr. Hom.*, p. 62; Buchholz, *Hom. Real.*, I, p. 256.
3) Görlitz, *Der Himmel und die Himmelserschein.*, p. 10.
4) Thuc., VI, 3; Strab., I, 59; etc.

les modernes ont fait Psyra ou Psara, comme de Syros ils ont fait Syra[1]. Au reste Κόρινθος et Κορινθία, Νάξος et Ναξία et, dans Homère, Σιδών et Σιδονίη nous montrent assez comment l'onomastique grecque forme d'un nom de pays, Νάξος, un nom de ville, Ναξία, ou, inversement, d'un nom de ville, Κόρινθος, un nom de pays, Κορινθία.

Pourtant l'attribution de Ὀρτυγία à la Sicile pourrait se défendre par une interprétation particulière des mots ὅθι τροπαὶ ἠελίοιο. Cette dernière expression, en effet, semble peu claire. Les anciens en avaient imaginé déjà plusieurs explications. Pour les uns, l'endroit où tourne le soleil désignait la direction est-ouest que le soleil prend chaque jour dans son tour quotidien. D'autres savaient qu'à Délos, sur la pente du Cynthe, une caverne était consacrée au Soleil et ils expliquaient qu'elle avait été jadis une sorte de cadran solaire naturel, sur les parois duquel tournaient l'ombre et la lumière de l'astre[2]. Parmi les modernes[3], quelques-uns ont pensé à la marche annuelle du soleil vers le nord et à son retour vers le sud : le poète aurait voulu dire qu'Ortygia était sous le tropique. Fausse pour l'Ortygie de l'Archipel, cette position ne le serait pas beaucoup moins, un peu moins cependant, pour l'Ortygie sicilienne, qui se trouve néanmoins à quelque quinze cents kilomètres du tropique : l'écart est un peu grand. L'explication la plus vraisemblable et la plus généralement adoptée est celle que donnaient déjà les commentateurs de l'antiquité. La situation πρὸς τρόπας ἡλίου, dit Eustathe, signifie πρὸς τὰ δυτικὰ μέρη, vers le couchant. Dans l'*Iliade* et l'*Odyssée*, le soleil s'élève de terre, ὑπερέχειν γαίης[4], pénètre et monte dans le ciel, οὐρανὸν εἰσανιέναι, ἐς οὐρανὸν ἰέναι, ἀνορούειν[5], suit la voûte jusqu'au sommet,

----

1) Eustath., *Comment.*, 1787, 15 : ἡ δὲ ῥηθεῖσα Συρία μία τῶν Κυκλάδων, καλουμένη καὶ Σῦρος ἐν ἐκτάσει τῆς παραληγούσης ... ὥστε καθὰ Ψῦρος Ψυρία νῆσος πρὸ τῆς Χίου, οὕτω καὶ Σῦρος Συρία... Ὀρτυγία δὲ ἡ Δῆλος... Τὸ δὲ ὅθι τροπαὶ ἠελίοιο, ἀντὶ τοῦ κειμένη πρὸς τρόπας ἡλίου, ἤτοι πρὸς τὰ δυτικὰ μέρη τῆς Ὀρτυγίας... Ἕτεροι δὲ φασιν σπήλαιον εἶναι ἐκεῖ, δι' οὗ τὰς τοῦ ἡλίου ἐσημειοῦντο τροπάς, ὃ καὶ ἡλίου διὰ τοῦτο σπήλαιον ἔλεγον.

2) Eustath., *Comment.*, 1787, 15, voir le texte plus haut.

3) Voir Buchholz, *Hom. Real.*, I, p. 30.

4) Λ, 735.

5) γ,

en contourne le dôme, μεσὸν οὐρανὸν ἀμφιβαίνει[1], et retourne du ciel vers la terre, ἂψ ἐπὶ γαῖαν ἀπ' οὐρανόθεν προτρέπεται[2], pour se coucher dans l'Océan. C'est ce mouvement de retour, προτρέπεται, que désigne τροπαὶ ἠελίοιο : les mots, on le voit, sont les mêmes. Le contexte, d'ailleurs, est en faveur de cette interprétation : Syros, dit le poète, est au delà d'Ortygie, Ὀρτυγίης καθύπερθεν. Cet Ionien parle en habitant de l'Asie Mineure ; il emploie les termes des navigateurs ses compatriotes, qui dans leurs traversées vers la Grèce rencontrent d'abord Ortygie, puis, au delà, vers l'ouest, Syros. Cette explication semble donc la plus vraisemblable : une autre pourtant se présentera dans la suite de cette étude.

*
* *

Mais cette île de Συρίη, disent certains, n'a jamais existé. W. Helbig lui-même, malgré sa connaissance du réalisme homérique, la croit « quelque peu mythique »[3]. Il m'est difficile de suivre Helbig en ceci. Une longue et minutieuse étude de la géographie odysséenne prouvera sans peine que cette géographie ne contient en somme que peu de légendes : ses descriptions correspondent toujours à une réalité ; même quand à première lecture elles semblent un peu légendaires, il est possible d'en identifier et d'en localiser presque tous les noms propres, même dans le cas de fables évidentes, comme pour la terre des Cyclopes, des Lestrygons ou des Trépassés. Si la description de Syros semble « mythique », il faut encore prendre garde : en discutant tous les mots, le fond de réalité ne tarde pas à apparaître. Le voici :

V. 405-411. Elle n'est pas très peuplée, mais c'est une bonne île : des bœufs, des moutons, beaucoup de vin et beaucoup de froment. Jamais la disette ne s'y fait sentir au peuple ; aucune autre maladie n'y accable les pauvres mortels ; mais quand à l'intérieur de la ville, les tribus des hommes ont atteint la vieillesse, Apollon à l'arc d'argent vient avec Artémis les frapper de ses traits sans violence.

1) ς, 400 ; Θ, 68.
2) λ, 18 ; μ, 381.
3) W. Helbig, *L'Épopée homér.*, trad. Trawinski, p. 24.

Eustathe rapprochait déjà ces vers homériques des vers où le poète des *Œuvres et des Jours* dépeint l'âge d'or [1], et il concluait à une légende de part et d'autre. Le rapprochement n'est que superficiellement juste. De tout temps, en effet, les navigateurs ont fait deux parts des îles de l'Archipel : les îles du sud et les îles du nord. Les îles volcaniques du sud, avec leurs émanations sulfureuses, leurs sources chaudes qui s'épandent en marais, et leur manque d'eau potable, sont fiévreuses, malsaines, d'un séjour intenable. « L'air de Milo, dit Tournefort [2], est malsain ; la ville est d'une saleté insupportable ; les ordures, jointes aux vapeurs des marais salants qui sont sur le bord de la mer, aux exhalaisons des minéraux dont l'île est infectée, à la disette des bonnes eaux, empoisonnent l'air de Milo et y causent des maladies dangereuses... » Les îles calcaires du nord, au contraire, éventées par le mistral et rafraîchies par le courant des Dardanelles, sont renommées pour leur salubrité. Entre ces deux groupes d'îles, comme le passage est fort court, le contraste n'en est que plus frappant; aussi a-t-il été noté par tous les voyageurs : « L'île de Siphanto, — l'ancienne Siphnos, — continue Tournefort [3], est sous un beau ciel; on le trouve encore plus charmant quand on arrive de Milo où l'air est infecté de vapeurs sulfureuses. On voit à Siphanto des vieillards de cent vingt ans; l'air, les eaux, les fruits, le gibier, la volaille, tout y est excellent ; les raisins y sont merveilleux. Quoique l'île soit couverte de marbre et de granit, elle est pourtant des plus fertiles et des mieux cultivées de l'Archipel; elle fournit assez de grains pour les habitants du pays, qui sont aujourd'hui de très bonnes gens. » Il est

1) Cf. *Oper. et Dies*, v. 111 seqq.
2) *Voyage du Levant*, I, p. 177.
3) Tournefort, I, p. 202-205. Cf. Choiseul-Gouffier, I, p. 15 : « Des cinq mille habitants que Tournefort a trouvés dans la ville seule de Milo, à peine en reste-t-il aujourd'hui deux cents, menacés d'être bientôt victimes de l'insalubrité du climat. Ces malheureux sont jaunes et bouffis, leur ventre énorme, et leurs jambes horriblement enflées leur permettent à peine de se traîner dans les décombres de leur ville... L'origine de cette influence pestilentielle me paraît remonter précisément à l'époque du nouveau volcan, qui s'ouvrit en face de Santorin... »

bien évident que Tournefort n'avait, ni sous les yeux ni dans la mémoire, notre passage de l'*Odyssée* : il rapporte simplement ce qu'il a vu. A la similitude des termes et des détails, cependant, on pourrait croire qu'il n'a fait que paraphraser la description homérique. Les autres voyageurs parlent comme lui : « Le climat de Siphanto, dit Choiseul-Gouffier, inspire le regret d'en sortir : le ciel y est toujours pur et serein, et l'heureuse fécondité de la terre permettrait aux habitants de se passer des îles voisines, si le désir de quelques superfluités ne les engageait à y avoir recours[1]. » — Nous allons trouver ces mêmes superfluités, ἀθύρματα, dans le texte homérique : c'est pour ces superfluités, colliers d'ambre, broderies ou bibelots de cuivre et d'argent, que les gens de Syria trafiquent avec l'étranger. — Depuis le xviiiᵉ siècle jusqu'à nos jours, les navigateurs se sont transmis les renseignements de Tournefort et de Choiseul-Gouffier : nos *Instructions nautiques* signalent encore aujourd'hui que Siphnos « est renommée pour sa salubrité et la fertilité de son sol... ; le pays est bien cultivé, extrèmement fertile, et abonde en sources d'excellente eau[2]. »

Nous aurons souvent à citer ces *Instructions nautiques*. C'est, je crois, le meilleur commentaire de l'*Odyssée*. Les anciens avaient coutume de chercher dans les poèmes homériques la source de toute science et de toute vérité : pour l'*Odyssée*, cette conception me semble plus juste qu'on ne pourrait croire. A ne voir en effet dans l'*Odyssée* qu'une suite de légendes et qu'une œuvre d'imagination, on s'éloignerait beaucoup plus d'un juste sentiment des choses, qu'en la rapprochant de tels ou tels poèmes géographiques, demi-scientifiques, utilitaires, composés ou traduits par les Grecs et par les Romains, pour codifier leurs découvertes et celles d'autrui. Il y aurait quelque irrévérence sans doute, et une grosse erreur, à pousser jusqu'à l'extrême ce rapprochement entre Homère et Scymnus de Chios ou Aviénus. Il faut pourtant l'avoir présent à l'esprit : il ne faut jamais oublier les tendances utilitaires de l'esprit grec.

---

1) Choiseul-Gouffier, I, p. 23.
2) *Service hydrographique de la marine*, nᵒ 691, p. 174.

κοινὴν πᾶσι τὴν εὐχρηστίαν
διὰ σὲ παρέξων τοῖς θέλουσι φιλομαθεῖν [1].

Leurs poètes les connaissent et s'adaptent à leurs goûts : ces marins écoutent plus volontiers les vers qui peuvent les servir dans leurs navigations, et, tout en chantant, leur apprendre les chemins des eldorados, la longueur du voyage et le retour à travers la mer poissonneuse,

ὅς κέν τοι εἴπῃσιν ὁδὸν καὶ μέτρα κελεύθου
νόστον θ', ὡς ἐπὶ πόντον ἐλεύσεαι ἰχθυόεντα [2].

Ce que Tournefort et les *Instructions nautiques* disent de Siphnos s'appliquerait aussi bien à Syra : « Elle est aussi des mieux cultivées et produit d'excellent froment, quoiqu'en petite quantité, beaucoup d'orge, beaucoup de vin et de figues, assez de coton, et des olives... Elle est plus fraîche que la plupart des îles de l'Archipel [3]. » Les *Instructions nautiques* répètent le même renseignement : « L'île est bien cultivée et produit de l'orge, des figues, des olives, du blé, du vin, etc. On expédie à Athènes et à Constantinople une grande quantité de légumes. La population est de 34.000 habitants... Sa position centrale en fait le marché de l'Archipel et son port est un port de chargement pour les bâtiments, surtout pour les vapeurs de presque toutes les nations. Le climat est remarquablement sain ; les froids extrêmes et la gelée y sont inconnus ; en été, on ressent quelquefois une chaleur étouffante ; cependant les vents prédominants soufflent du nord et maintiennent la température fraîche [4]. »

Syra, en effet, est aujourd'hui la capitale de l'Archipel grec. Centre de ravitaillement, de chargement et de déchargement pour toutes les marines étrangères, c'est comme le ponton où viennent trafiquer les indigènes de toutes les îles et de toutes les terres voisines avec les matelots du dehors, russes, égyptiens, français, italiens, allemands et anglais. C'est le commerce étranger, commerce de transit, qui fait la prospérité de Syra. Cette

1) Scym. Chii, v. 9-10.
2) *Odyss.*, IV, 389-390.
3) Tournefort, *Voyage du Levant*, II, p. 2-3.
4) *Instruct. naut.*, n° 691, p. 182.

prospérité est d'ailleurs toute récente. Il y a deux siècles, au temps de Tournefort, Syra n'avait aucun rôle et elle resta sans importance jusqu'à la Révolution grecque. Mais alors elle devint une sorte de port neutre, grâce à la religion de ses habitants : « C'est, disait Tournefort, l'île la plus catholique de tout l'Archipel ; pour sept ou huit familles du rite grec, on y compte plus de six mille âmes du rite latin. » Ces Latins, descendants des conquérants génois ou vénitiens, métis de corsaires ou de matelots francs et de femmes indigènes, s'étaient groupés autour de l'église des Capucins, sous la croix catholique et la protection française. Ils ne prirent aucune part à l'insurrection grecque : leur port fut donc de 1820 à 1830 le seul endroit où étrangers et belligérants pouvaient faire relâche et trafiquer en toute sécurité. Les guerres finies, l'habitude était prise, et Syra, au cours de ce siècle, demeura ce que sa voisine Myconos avait été aux siècles précédents, ce que son autre voisine Délos fut aux temps de Rome ou de l'Ionie, la grande escale et le grand entrepôt des étrangers dans l'Archipel.

*
* *

Car toutes les fois qu'un commerce étranger est maître de l'Archipel, il lui faut, dans l'une de ces trois îles, Syra, Délos ou Mycono, un « reposoir », comme disent les marins du xviiie siècle. Quand au contraire ce sont les indigènes continentaux des côtes européennes ou asiatiques qui détiennent le trafic, le rôle de ces trois îles disparaît : elles en cèdent les bénéfices à des ports continentaux, Corinthe, Athènes, Salonique, Smyrne, Éphèse ou Milet. Un coup d'œil sur une carte de l'Archipel et la lecture des *Instructions nautiques* nous expliqueront facilement cette loi.

Il faut nous représenter l'Archipel comme un champ clos où les quatre parois, de la Grèce à l'ouest, de la Thrace au nord, de l'Anatolie à l'est, de la Crète et des îles voisines au sud, ne laissent que trois entrées ou sorties. L'une au nord-est conduit par les Dardanelles vers la Marmara. Au sud-est, une grande porte entre Rhodes et la Crète s'ouvre sur l'Extrème Levant ; mais elle sert beaucoup moins que l'étroit canal de Rhodes. De même au sud-ouest, c'est le canal de Cythère, autant et plus que la grande porte entre Cythère et la Crète, qu'ont toujours fréquenté les navigateurs. A l'intérieur de ces parois, le champ rectangulaire est divisé comme en deux chambres par la cloison presque continue, que forme un chapelet d'îles, l'Eubée, Andros, Tinos, Myconos, Icaria et Samos, ne laissant entre elles que quelques portes de communication. Pour les marines à voile, cette cloison eut de tout temps une grande importance, à cause du régime des vents dans cette mer. « Les vents prédominants dans l'Archipel, disent les *Instructions nautiques*[1], sont les vents du nord; de la fin de septembre à la fin de mai, ces vents alternent avec ceux de la partie du sud-ouest, qui sont plus fréquents lorsque l'hiver est doux. » Nous pouvons, pour nos études de géographie ancienne, ne pas tenir grand compte de ces vents du sud-ouest : ils soufflent pendant l'hivernage, à l'époque où toute navigation antique était presque interrompue. En réalité, ce sont les vents du nord qui sont les vrais maîtres de notre champ clos : « Les vents étésiens, poursuivent les *Instructions*, appelés *meltems* par les Turcs, sont les plus fréquents pendant la belle saison ; ils commencent presque invariablement vers la fin de mars et durent jusqu'à la fin d'août ; ils soufflent du nord au nord-est... la navigation de l'Archipel, bien que facile, réclame une constante attention, et l'on doit toujours garder en vue un port d'abri, que l'on puisse, dans le cas d'un coup de vent menaçant, atteindre avant l'obscurité, car le temps peut devenir assez obscur, — ἠεροειδὴς πόντος, *la mer nébuleuse*, dit l'*Odyssée*, — au milieu du labyrinthe des îles pour qu'on ne puisse pas voir la terre assez tôt pour l'éviter... Avec du vent du nord, un navire doit toujours mouiller sous le vent d'une île, car bien que ces vents soufflent quelquefois avec une extrême violence, ils ne sautent jamais au sud brusquement et l'on a toujours le temps de quitter le mouillage. Au contraire, avec les vents du sud, un voilier ne devra jamais mouiller sur le côté nord d'une

1) *Op. cit.*, p. 103.

île, car ces vents sautent brusquement, dans un grain, au nord
et au nord-est et ils soufflent avec une telle violence qu'un navire
ne peut appareiller. »

Ces considérations nous expliquent le premier rôle que va jouer
pour les navigateurs à voile la cloison insulaire qui va de Samos à
l'Eubée. S'ils veulent traverser l'Archipel de l'est à l'ouest ou inversement, les voiliers se tiendront toujours sous le vent, c'est-à-dire
au sud, de ces îles qui leur serviront d'écrans contre la violence
des vents du nord : or, sur cette grande route entre les côtes
asiatiques et européennes, Myconos, Délos et Syra se présentent
juste à mi-chemin de la traversée, comme les gîtes d'étape presque
forcés. Aussi quand les Ioniens maîtres des deux côtes voudront
un lieu de foire, de réunion et de culte commun, c'est Délos qui
verra les grandes panégyries de l'hymne homérique.

Second rôle : cette cloison insulaire a un certain nombre de
portes, que doivent forcément emprunter les voiliers pour passer
de l'une des chambres dans l'autre, de l'Archipel nord dans l'Archipel sud ou inversement. Ces portes sont au nombre de six :
entre l'Eubée et Andros, le canal Doro; entre Andros et Tinos,
la passe Steno; puis les trois chenaux entre Tinos et Myconos,
entre Myconos et Icaria, entre Icaria et Samos; et enfin le détroit de Samos. Toutes ces portes peuvent servir au passage,
mais plus ou moins commodément. Venus du canal de Rhodes
et montant aux Dardanelles, les voiliers orientaux qui veulent
gagner la Marmara emprunteront tout naturellement le détroit
de Samos : en réalité, grâce au jalonnement des Sporades, ce détroit est pour eux la continuation du canal de Rhodes. Mais venus du canal de Cythère, les navigateurs occidentaux pourront
hésiter. Au temps de Tournefort, la route ordinaire des Hollandais et des Anglais est entre Nègrepont et Macronisi[1], donc par
le canal Doro; les Français au contraire destinés pour Smyrne
et pour Constantinople passent dans le canal de Tine à Mycone.
Cette habitude des Anglais et des Hollandais peut sembler
étrange; la route des Français est beaucoup plus commode, à

____

1) *Voyage du Levant*, I, p. 337.

cause des courants de l'Archipel. « Lorsque les vents sont d'entre
nord-est et est, le rapide courant du Bosphore sort des Dardanelles, passe aux deux extrémités de l'île de Lemnos et s'avance
vers la partie ouest de l'Archipel, en prenant une vitesse considérable dans le canal de Doro. Il court aussi avec une grande force
dans la passe de Steno, ainsi que dans le large canal qui sépare
Icaria de Mycono ; mais il est moins rapide dans le canal entre
Mycono et Tinos ». Ce canal de Mycono sans courant violent
sera donc pour les petits voiliers la route la plus sûre et la plus
facile : sur cette route, au moment de quitter l'Archipel du
sud et ses nombreux points de relâche, avant d'entrer dans le
désert sans îles de l'Archipel nord, nos trois îles de Syra, de
Délos et de Mycono fourniront encore le gîte d'étape, à mi-chemin entre Cythère et les Dardanelles. De même, encore, la route
traversière du sud-est au nord-ouest, du canal de Rhodes au canal de l'Eubée ou aux ports de Thessalie et de Macédoine, bref,
presque toutes les diagonales de l'Archipel passent et se croisent
en cet endroit.

Aussi, pendant la saison des vents de nord, c'est-à-dire pendant toute la saison naviguante, l'une ou l'autre de ces trois îles
devient forcément le rendez-vous des voiliers étrangers. Aujour-
d'hui encore nos *Instructions nautiques* recommandent, « s'il y a
la moindre apparence d'un coup de vent du nord, de ne pas hésiter un instant à chercher un abri temporaire dans le plus voisin
mouillage, car il n'y a rien à gagner à tenir la mer[1]. » Les Grecs
ont toujours suivi cette prudente habitude ; aujourd'hui, comme
au temps de Tournefort, il leur faut de courtes navigations et de
fréquents reposoirs[2]. Les marins de l'Égée primitive sur leurs
barques mal pontées devaient agir de même : Syra, Délos ou
Mycono durent être un de leurs reposoirs habituels.

*
* *

Mais entre les trois îles, leur choix a pu, semble-t-il, hésiter.

1) *Instruct. naut.*, p. 106.
2) *Voyage du Levant*, I, p. 169.

En fait, nous voyons à travers les siècles le trafic se déplacer de l'une à l'autre, sans autre motif apparent que le caprice des navigateurs qui se succèdent dans l'Archipel : Délos est préférée par les Ioniens, Myconos par les Francs du xviiie siècle, et Syra par nos marines contemporaines. En regardant les choses de plus près, cependant, on s'aperçoit qu'en ces matières la part du hasard et du caprice humain est minime, et l'on peut découvrir les nécessités naturelles, qui à travers les siècles et les humanités changeantes ont étroitement déterminé le choix des marines successives.

De ces trois îles, Délos est la plus centrale ; elle mène, disaient les anciens, le chœur des Cyclades. Juste à égale distance de Corinthe et de Milet, elle est aussi directement en face du chenal de Myconos. Elle possède en outre une bonne aiguade, « une des plus belles sources de tout l'Archipel : c'est une espèce de puits ; il y avait en octobre 24 pieds d'eau et plus de 30 en janvier et février [1]. » Mais Délos est toute petite, sans cultures possibles, sans ressources. Situé sur le détroit qui la sépare de Rhéneia, son port est ouvert aux vents et aux courants du nord : il faudra le travail de l'homme aux temps hellénistiques et romains pour en faire un abri presque sûr, et, sitôt négligé, cet abri se comblera et deviendra intenable. Délos ne pouvait donc pas servir à tous les navigateurs. Les vaisseaux venus de loin n'y trouvaient ni bois pour leurs avaries, ni provisions pour leurs équipages, ni complète sécurité de mouillage pour une longue relâche. Mais ces inconvénients étaient sans grande importance si les caboteurs venaient de l'Archipel même, apportant avec eux leurs provisions de bouche, n'ayant besoin que d'eau potable, ne restant là d'ailleurs que quelques jours et retournant ensuite à leur port d'attache. Délos ne pouvait être et ne fut d'abord qu'un port indigène, un champ de foires annuelles, rendez-vous à certains jours d'une foule nombreuse, mais déserté le reste de l'année. Aux temps hellénistiques et romains, elle devint un grand établissement et un entrepôt permanent des marines étrangères ; mais c'est à son temple alors et à ses privi-

____

1) Tournefort, *op. cit.*, I, p. 347.

lèges religieux [1] qu'elle dut ce renouveau de fortune, comme la moderne Syra aux temps de l'Indépendance le dut à son église des Capucins. Et il fallut un énorme travail des hommes, — môles, quais, magasins, etc., — pour la rendre apte à ce rôle que la nature ne lui avait pas réservé. Encore n'était-elle vraiment un grand marché qu'à certains jours; les arrivages jetaient sur ses quais des dizaines de milliers d'esclaves, vendus en quelques heures : « Débarque, négociant, expose ta marchandise, tout est vendu ! », disait le proverbe rapporté par Strabon [2]. La ruine du temple fut aussi la ruine de tout ce commerce. Le paganisme tombé, Délos redevint aussitôt le désert que nous connaissons aujourd'hui.

Myconos, presque aussi centrale que Délos, est placée, comme elle, à l'entrée de la passe commode. Elle a sur Délos l'avantage de la grandeur, de quelques champs de blé, de pâturages pour les moutons et d'une vaste rade bien abritée; mais elle manque de sources : « L'île de Mycono est fort aride... ; on y recueille assez d'orge pour les habitants, beaucoup de figues : les eaux y sont assez rares en été; un grand puits en fournit à tout le bourg [3]. » Enfin Syros, un peu moins centrale et plus éloignée de la passe, a tous les avantages de Myconos et aucun de ses inconvénients. Assez grande et assez fertile, elle a un bon port et une bonne ai-guade : « La principale fontaine de l'île coule tout au fond d'une vallée assez près de la ville; les gens du pays croient, je ne sçais par quelle tradition, qu'on venait autrefois s'y purifier avant que d'aller à Délos [4]. » Sa rade est plus sûre encore que celle de Myconos, à laquelle elle fait face. Située sur la côte orientale de l'île, cette rade s'ouvre vers l'est ; celle de Myconos, au contraire, sur la côte occidentale de l'île, a son entrée vers l'ouest :

1) Strab., X, 485 : ἔτι μᾶλλον ηὔξησε κατασκαφεῖσα ὑπὸ Ῥωμαίων Κόρινθος· ἐκεῖσε γὰρ μετεχώρησαν οἱ ἔμποροι, καὶ τῆς ἀτελείας τοῦ ἱεροῦ προκαλουμένης αὐτοὺς καὶ τῆς εὐκαιρίας τοῦ λιμένος· ἐν καλῷ γὰρ κεῖται τοῖς ἐκ τῆς Ἰταλίας καὶ τῆς Ἑλλάδος εἰς τὴν Ἀσίαν πλέουσιν.

2) Strab., XIV, 668 : δυναμένη μυριάδας ἀνδραπόδων αὐθημερὸν καὶ δέξασθαι καὶ ἀποπέμψαι, ὥστε τὴν παροιμίαν γενέσθαι διὰ τοῦτο· ἔμπορε, κατάπλευσον, ἐξελοῦ, πάντα πέπραται.

3) Tournefort, op. cit., I, p. 333.

4) Id., ibid., II, p. 4.

cette différence d'orientation a déterminé, en grande partie, toute l'histoire de ces deux îles.

Car il n'est pas besoin d'un grand effort pour constater que, suivant la direction des courants commerciaux, les points de relâche sur une côte ou dans une mer se déplacent et se remplacent. La Sicile nous fournirait, de ce phénomène, l'exemple le plus typique : venu de l'Orient, le commerce grec avait fait de Syracuse en face de la Grèce, sur la côte orientale, son grand entrepôt ; venu du sud, le commerce carthaginois transporta ce marché sur la côte méridionale, en face de l'Afrique, à Agrigente ; venu du nord, le commerce romain de l'antiquité et italien de nos jours donne à Palerme, sur la côte du nord, en face de Pouzzoles et de Naples, le premier rang.

Les choses se sont passées exactement de même, dans l'Archipel. Les marins francs, venus de l'ouest, allèrent tout droit à la rade de Myconos, qui leur ouvrait ses deux promontoires. C'est là qu'ils prirent l'habitude de se ravitailler, de se fournir de pilotes et d'hiverner durant toute la mauvaise saison : « Dans les mauvais temps, ils relâchent ordinairement à Mycone et y viennent prendre langue pendant la guerre ; il y vient souvent des barques françaises charger des grains, de la soie, du coton et d'autres marchandises des îles voisines...; le séjour de Mycone est assez agréable pour les étrangers ; on y fait bonne chère ; les perdrix y sont en abondance et à bon marché, de même que les cailles, les bécasses, les tourterelles, etc. ; on y mange d'excellents raisins et de fort bonnes figues ; le fromage mou qu'on y prépare est délicieux[1]. » Tournefort revient de Tinos à Myconos pour passer les quatre mois d'hiver, de décembre 1700 à mars 1701.

Inversement, la rade de Syros, ouverte vers l'Orient, s'offre d'elle-même aux marines orientales. Car l'île tourne le dos à l'Occident, à la Grèce[2]. Aussi, pendant toute l'histoire grecque, elle n'a aucun rôle, et le compte serait tôt fait des textes qui nous en

1) Tournefort, I, p. 334.

2) *Instruct. naut.*, p. 184 : le port de Syra, *le seul port de l'île*, se trouve sur son côté est.

parlent. Les géographes anciens ne font que la signaler, en ajou-
tant que l'île a une ville du même nom¹. Un scholiaste nous
raconte sa colonisation par les Ioniens, sous un certain Hippo-
médon². Un autre scholiaste, copiant mal, sans doute, un passage de Théopompe, nous raconte sa conquête par les Samiens³ :
un certain Killicon aurait vendu sa patrie aux étrangers. Le fait
d'une conquête samienne en lui-même n'est pas invraisemblable :
le port de Syros pouvait être d'une grande utilité aux navigateurs samiens, venus de l'est. Mais ce fait est aussi plus que
douteux : Killikon, dont la trahison était devenue légendaire,
avait vendu, suivant d'autres, Milet ou Priène et non Syros⁴.
La seule illustration de Syros lui vint de son philosophe Phérécyde qui fut compté parmi les *Sept* sages. Phérécyde, maître de
Pythagore, n'avait pas eu de maître : il s'était, dit-on, formé
tout seul en lisant les écrits mystérieux des Phéniciens ⁵; aussi le
père de Pythagore, qui connaissait la Phénicie, n'hésita-t-il pas
à lui confier son fils⁶. Phérécyde avait écrit une cosmogonie
et l'on montrait de lui, à Syros même, un cadran solaire, σώζεται
δὲ καὶ ἡλιοτρόπιον ἐν Σύρῳ τῇ νήσῳ⁷. Faut-il rapprocher cet ἡλιοτρόπιον
du texte homérique ὅθι τροπαὶ ἠέλιοιο, et nous demander si, dans
la renommée publique, Syros n'était pas devenue l'île du Cadran? est-ce, au contraire, le texte homérique, mal interprété,
qui a donné naissance et célébrité à cette histoire du cadran so-
laire⁸?... Sauf ces maigres détails, les auteurs ne nous disent rien
de Syros.

Les inscriptions ne nous apprennent pas grand'chose de plus⁹ :
elles sont toutes de l'époque romaine. Sous l'Empire romain,

1) Strab., X, 485.
2) Schol. Dion. Perieg., v. 525.
3) Schol. Arist., *ad Pacem*, 363.
4) Cf. Müller, *Fragm. Hist. Graec.*, II, 334; Suidas, *s. v.* Κιλλίκων.
5) Eustath., *Comment.*, 1786, 49 : οὐκ ἔσχηκε καθηγητὴν κτησάμενος τὰ τῶν
Φοινίκων ἀπόκρυφα βίβλια. Hesych. Mil., *Fragm. Hist. Graec.*, IV, p. 176, 69.
6) Iambl., *De vita Pyth.*, 9 et 11.
7) Diog. Laert., I, 11.
8) Cf. Bochart, *Chanaan*, I, p. 411.
9) Voir les inscriptions réunies par Stephanos, ᾿Αθηναῖον, III et IV.

elles ne font mention que des festins publics et des réjouis-
sances, où les citoyens riches convient leurs compatriotes et
leurs amis des îles voisines[1] ; c'est toujours la *bonne* île de
l'*Odyssée*. Elle avait connu pourtant de tristes jours un peu
avant l'établissement de l'Empire : une inscription, que Boeckh
attribue au temps de Pompée[2], raconte les tentatives des
pirates, — Ciliciens, Cariens, navigateurs orientaux, — qui
veulent prendre la ville pour la rançonner et qui font des rafles
d'esclaves dans les villas de la côte. Par contre, la prospérité de
Syros semble avoir grandi après l'établissement officiel du chris-
tianisme, c'est-à-dire à l'époque où ce sont les grands ports de
l'Extrême-Levant, les ports asiatiques, de Constantinople à
Alexandrie, d'Éphèse à Antioche, qui redeviennent le siège du
commerce méditerranéen. Les rochers de sa rade sont couverts
d'inscriptions chrétiennes[3]: *Seigneur, aide le navire de Philalithios !
Christ, secours ton serviteur Eulimenios!* Les noms sont grecs,
authentiquement grecs, Φιλαλήθιος, Εὐλιμένιος, Λεόντιος, Διότιμα, etc.
Mais leurs possesseurs sont venus de toutes les parties du monde
hellénique : les Grecs des Cyclades, Andriens, Pariens, Naxiens,
Théréens, y coudoient des Éphésiens, des Milésiens, des Égyptiens de Péluse, des Lyciens de Pinara, — des Orientaux de
tout le Levant.

Si jamais les Phéniciens ont exploité l'Archipel, Syros a donc
pu, a dû être une de leurs relâches, je dirais même leur principale relâche, tant le port de cette île paraît conforme à tout ce que
nous savons des établissements phéniciens. Le type de ces établissements nous est décrit en quelques mots par Thucydide :
ᾤκουν δὲ καὶ Φοίνικες περὶ πᾶσαν μὲν τὴν Σικελίαν ἄκρας τε ἐπὶ τῇ
θαλάσσῃ ἀπολαβόντες καὶ τὰ ἐπικείμενα νησίδια ἐμπορίας ἕνεκεν τῆς πρὸς τοὺς
Σικελούς[4]. Ce sont des entrepôts, juchés sur un promontoire qui
s'avance dans la mer, ou isolés dans une petite île qui fait face à

---

1) Ἀθηναῖον, III, p. 537 : καὶ τοὺς παρεπιδημοῦντας ἐκ τῶν Κυκλάδων νήσων.
2) C. I. G., 2347 c. : διότι κακοῦργα πλοῖα καὶ πλείονα ἐπιβάλλειν ἡμῶν ἤμελλεν
ἐπὶ τὴν χώραν καὶ τὴν πόλιν κατὰ ῥύσιον.
3) Confer. Ἀθηναῖον, IV, p. 25 et suiv.
4) Thuc., VI, 2, 6.

la grande côte. Nous aurons souvent à revenir sur le rôle joué à
cette époque par les νησίδια ἐπικείμενα, les îlots côtiers. Or le port
de Syros contient justement l'un de ces îlots, l'île que les modernes appellent Gaidaro-Nisi. l'*Ile aux Anes* : « Cette île a un
demi-mille de longueur, un tiers de mille de largeur et environ
30 mètres de hauteur ; sa distance au rivage est d'environ un
demi-mille ; l'espace intermédiaire offre un mouillage assez bon
par des fonds de 22 à 23 mètres, abrité des vents du nord qui
soufflent quelquefois avec violence...; les navires, par coup de vent
de nord-est feront bien de mouiller sous le vent de Gaidaro[1]. »
Par ses dimensions, par son mouillage, par sa proximité de la
grande île, cet îlot semble aménagé tout spécialement pour devenir l'un de ces entrepôts, qui sont commodes à atteindre et
commodes à quitter, faciles à surveiller et faciles à défendre
contre les pirogues des indigènes. « Nous arrivâmes, dit le Périple d'Hannon, dans une rade où nous découvrîmes une petite
île de cinq stades de tour ; nous y établîmes un poste de colons
et nous l'appelâmes Kerné[2]. » A Syra, de même, nous dit
Eumée dans son récit de l'*Odyssée*, vinrent les hommes de Phénicie, habiles marins, mais filous,

> ἔνθα δὲ Φοίνικες ναυσίκλυτοι ἤλυθον ἄνδρες,
> τρῶκται[3],

et ils y laissèrent, comme à Kerné, une trace de leur passage
dans le nom qu'ils donnèrent à la grande île, car ce nom de
Syros ou *Syra*, qu'elle a conservé jusqu'à nos jours, me semble
bien être d'origine sémitique.

II

Les anciens avaient cherché pour ce nom de Σύρος une étymologie grecque et, quelques calembours aidant, à leur mode ordi-

1) *Instruct. naut.*, p. 184-185.
2) *Peripl. Hannon.*, § 8.
3) *Odyss.*, XV, 415.

naire, ils l'avaient trouvée. Σῦρος, Συρία, disent les lexicographes[1], διὰ τὸ συρῆναι ἀπὸ τοῦ κατακλυσμοῦ γενικοῦ, parce qu'elle fut arrachée, sauvée du Déluge. Les modernes ont voulu remonter à une racine indo-germanique, *suar* ou *sur, briller, être éclatant de blancheur*. Syros serait l'île Blanche; mais toutes les îles de l'Archipel avec leurs calcaires dénudés pourraient avoir ce nom[1]. Pape, dans son *Dictionnaire des Noms propres*, rapproche Σῦρος d'appellations semblables : Ὑρία, villes de Béotie, d'Isaurie, d'Iapygie, etc. (le σ initial étant tombé, comme il arrive fréquemment). Mais Bochart avait trouvé déjà une étymologie sémitique, en lisant le passage de l'*Odyssée* qu'il cite d'ailleurs : « Syros est une île riche, heureuse, *itaque per aphacresim Phoenicibus familiarem, vel* שירה, *sira, pro* עשירה, *asira, id est divès, vel* שורה, *sura, pro* אשורה, *asura, id est beata*. » C'est là certainement une des pires étymologies de Bochart, qui souvent en a de mauvaises[3]. Il avait raison pourtant de chercher une étymologie sémitique : Σῦρος appartient à une classe de noms de lieux répandus dans toute la Méditerranée, des côtes syriennes aux côtes barbaresques et du détroit de Crimée aux Colonnes d'Hercule, mais plus fréquents dans l'Archipel. Ces noms datent sûrement d'une période commerciale où le trafic méditerranéen était aux mains d'un peuple sémitique, et leurs étymologies sémitiques apparaissent indiscutables, si l'on veut bien prendre garde que d'ordinaire ils sont accompagnés de leur traduction grecque ou latine. Dans toute la Méditerranée, mais surtout dans l'Archipel, il suffit d'une courte attention pour retrouver ces doublets gréco-sémitiques.

Quand on dresse, en effet, le tableau onomastique des îles de l'Archipel, on constate que chacune d'elles, dans l'antiquité grecque, eut plusieurs noms et que ces différents noms peuvent se ranger en deux classes. Les uns sont évidemment grecs, présentant à première rencontre un sens très clair pour une oreille grecque, telles l'île aux Cailles, Ὀρτυγία, l'île Sonnante,

---

1) Hesych., *Etym. Magn.*, s. v. Ἀσσυρία.
2) Pour ces étymologies, cf. Kl. Stephanus, Ἀθῆναιον, III, p. 518.
3) Bochart, *Chanaan*, I, p. 410.

Κελάδουσσα, l'île des Bois, Ὑλήεσσα, Belle-Ile, Καλλίστη, etc. Les autres noms n'offrent en grec aucun sens et, dès l'antiquité, les scholiastes et déchiffreurs de logogryphes ne les peuvent expliquer qu'à grand renfort de calembours, tels les noms de Δῆλος, Πάρος, Σάμος, Νάξος, Θήρα, Σάμος, Σέριφος, etc. D'après cette différence, dressons les deux colonnes suivantes :

Δῆλος s'appelle aussi Ἀστερία, Πελασγία, Χλαμυδία, Ὀρτυγία, c'est-à-dire l'île de l'Astre, des Pélasges, du Manteau ou des Cailles. Le nom de Δῆλος reste obscur : les anciens disaient que l'île apparut, δηλοῖ, pour recevoir Latone en son enfantement[1].

Ῥήνεια s'appelle Κελάδουσσα et aussi Ὀρτυγία, l'île des Hurlements ou des Cailles.

Τῆνος s'appelle Ὑδρουσσα, Ὀφιουσσα, l'île de l'Aiguade ou des Serpents.

Εὔβοια, l'île des Bœufs, est aussi Μακρίς, Δολίχη, la Longue, mais aussi Βώμω, nom incompréhensible.

Κέως est encore une île de l'Aiguade, Ὑδρουσσα.

Κύθνος est l'île des Serpents, Ὀφιουσσα.

Μῆλος est l'île du Zéphyre, Ζεφυρία, mais elle a aussi d'autres noms incompréhensibles, Βύβλις, Μίμαλλις, Σίρις, etc.

Σίκινος est l'île du vin, Οἰνόη.

Κύθηρα est l'île de la Pourpre, Πορφύρουσσα.

Θήρα est la Très-Belle, Καλλίστη.

Ἀνάφη est aussi Βλίαρος ου Μεμβλίαρος.

Ἴος est l'île des Phéniciens ou l'île Rouge, Φοινίκη.

Ὤλιαρος (Anti-Paros) ou sa voisine Πάρος est l'île des Bois, Ὑλήεσσα.

Πάρος est l'île Plate, Πλάτεια, ou de Démèter, Δημητρίας, mais aussi Μινώα, Ζάκυνθος, etc.

Νάξος est l'île Ronde, Στρογγύλη, ou de Zeus, Δία.

Ἀμοργός est la Toute-Belle, Παγκάλη, ou l'île du Frais, Ψυχία.

Λῆμνος est Αἰθάλη et Σιντηΐς, ou l'île de Héphaistos, Ἡφαιστία.

Θάσος est l'île d'Or, Χρυσῆ, ou de l'Air, Ἀερία.

Λέσβος est Ἴσσα, Ἱμέρτη, et la Touffue, Λασία, l'Heureuse, Μακαρία.

---

1) Aristot., ap. Plin., IV,22.

Χίος est Αἰθάλη et l'île des Pins, Πιτύουσσα.

Σάμος est l'île de la Vierge, Παρθενία, l'île aux Chênes, Δρύουσσα, elle est aussi Ἴμβρασος.

Κάσος est l'Écume ou la Paille, Ἄχνη.

Il est à remarquer que, sauf pour Εὔβοια, ce sont toujours les noms incompréhensibles qui ont prévalu, non seulement pendant la période grecque, mais jusqu'à nos jours. Les marines successives se sont religieusement transmis cette onomastique, qu'elles ne comprenaient pas, mais qu'elles ont légèrement adaptée à leurs gosiers romains, arabes, vénitiens, génois, turcs, francs, hollandais ou anglais. Les seuls Italiens de la Renaissance en ont usé avec une certaine liberté, et leurs traductions ou leurs adaptations fantaisistes ont parfois substitué aux noms anciens quelque beau calembour : « aller vers l'Euripe », εἰς τὸν Εὔριπον, nous a donné *Negroponte*, et l'Eubée est devenue Nègrepont. Aux origines de leur histoire, les Hellènes eux-mêmes semblent avoir reçu ce dépôt de quelques prédécesseurs. Leurs idées à ce sujet étaient fort variables. Tantôt ils croyaient que ces noms étaient antérieurs aux noms qu'ils comprenaient, et tantôt ils les croyaient postérieurs. Homère, dit Strabon, connaissait sûrement la Samos ionienne; s'il ne nous parle que des deux Samos de Thrace et de Képhallénie, c'est que la Samos ionienne portait sans doute un autre nom : *Samos* en effet n'est pas son nom primitif, mais Μελάμφυλος puis Ἄνθεμις et enfin Παρθενία, à cause du fleuve Παρθένιος, qui lui-même reçut par la suite le nom d'Ἴμβρασος[1]. Pour Strabon, donc, les noms grecs sont antérieurs aux autres. Il est vrai qu'en un autre passage il vacillera dans son opinion : Samos, dit-il, fut d'abord nommée *Parthenia*, au temps des établissements cariens, ἐκαλεῖτο δὲ Παρθενία πρότερον οἰκούντων Καρῶν, puis Anthémis, puis Mélamphylos et enfin Samos[2]. Si le nom de Parthénia remonte aux Cariens, ce ne peut être qu'une traduction et non pas une invention grecque : un nom étranger, carien, a dû précéder le nom grec, et par la suite

1) Strab., X, 457.
2) Strab., XIV, 637.

nous trouverons en effet ce nom étranger de Samos dans la liste dressée par les géographes.

Ces contradictions ou de pareilles se retrouvent chez tous les auteurs, et, plus encore, d'un auteur à l'autre. Cependant la plupart s'accordent à attribuer quelques-uns de ces noms aux navigateurs orientaux, cariens ou phéniciens, dont parlait Strabon. Naxos, rapporte Diodore, s'appelait, d'abord, τὸ μὲν πρῶτον, *la Ronde*, Στρογγύλη, et elle fut occupée d'abord, πρῶτοι, par des Thraces, car à cette époque les Cyclades se trouvaient, les unes complètement désertes, les autres très peu habitées. Des conquérants de Phthiotide soumirent ces Thraces et changèrent le nom de l'île qui devint Δία. Après deux siècles et plus de domination, les Thraces disparurent et des Kariens du Latmos colonisèrent l'île : leur roi Naxos, fils de Polémon, donna son nom à la colonie[1]. De même Thèras, dit Hérodote, était un descendant de Kadmos fixé à Sparte ; allié aux familles royales, il fut tuteur des jeunes rois ; sa tutelle finie, ne voulant pas redevenir sujet après avoir été le maître, il résolut de quitter Sparte et de retourner dans les îles, chez ses congénères. Dans l'île de Thèra, jadis appelée Καλλίστη, étaient les descendants d'un Phénicien, Membliaros, fils de Poikileus ; Kadmos l'avait établi en cet endroit avec une colonie phénicienne. Ces colons occupaient l'île de Kallistè depuis huit générations, lorsque Thèras survint[2]. Héraclide du Pont racontait, de même, dans son Περὶ νήσων, qu'Oliaros était une colonie sidonienne[3] ; et ce sont des Phéniciens de Byblos, disent les lexicographes, qui avaient donné le nom de Βύβλις à l'île Zephyria devenue par suite Mélos[4].

* * *

On peut n'avoir pas une confiance absolue, ni même une grande confiance, en ces traditions. Il est impossible pourtant de

1) Diod., V, 51.
2) Hérod., IV, 147.
3) *Fragm. Hist. Graec.*, II, p. 197.
4) Steph. Byz., s. v. Μῆλος.

n'en pas tenir compte, d'autant que, en étudiant ces doublets, il en
est qui arrêtent à première lecture. Nous ne pouvons les étudier
tous. Mais j'en voudrais prendre ici trois ou quatre des plus ty-
piques.

. Kasos, dit Pline, s'appelait jadis Ἄχνη[1], et elle s'appelait
encore Ἀστράβη, *la Selle*[2]. Kasos, à l'est de la Crète, est comme
la première pile du pont insulaire qui, par Karpathos, Saros et
Rhodes, s'en irait de la Crète aux promontoires avancés de
l'Asie Mineure. Au long de ces îles, une route de navigation
commode, à couvert des vents du nord, unit les côtes asiatique
et crétoise. Les détroits de Karpathos et de Kasos sont, en
outre, « les grands passages qui conduisent de la partie orientale de la Méditerranée dans l'Archipel; le chenal de Kasos a
environ 25 milles de largeur entre l'extrémité sud-ouest de l'île
et le cap crétois de Sidero; ce chenal est très profond et les seuls
dangers qu'on y trouve sont des hauts fonds qui s'avancent au
devant du cap Sidero; le courant porte généralement au sud[3]. »
Cette phrase des *Instructions nautiques* montre bien dans
quelles circonstances ce chenal sera suivi par les voiliers : pour
entrer dans l'Archipel, en venant de l'est, le détroit entre
Rhodes et l'Asie Mineure, abrité des vents du nord, est préfé-
rable; mais pour sortir de l'Archipel, le vent du nord et le
courant mènent droit à la porte de Kasos les voiliers levantins
destinés à la Syrie ou à l'Égypte. Kasos elle-même est très
montagneuse : « ses rives consistent principalement en hautes
falaises de roche avec de grands fonds à toucher »; mais, tout
près, des îlots offrent un bon mouillage à l'abri des vents du
nord-ouest[4].

Appliqué à une telle île, le nom de Ἄχνη s'explique sans peine :
Ἄχνη, dit l'*Etymologicum Magnum*, πᾶσα λεπτότης ὑγροῦ τε καὶ ξηροῦ,
le mot d'ἄχνη désigne toute particule ténue, tout duvet, humide
ou sec. Dans l'*Iliade*, une comparaison revient souvent entre les

1) Plin., V, 36.
2) Steph. Byz., s. v. Κάσος.
3) *Instruct. naut.*, p. 217.
4) *Instruct. naut.*, p. 216-217.

poussières d'hommes tourbillonnant sous le vent de la fuite et les poussières de l'aire, où l'on vanne le blé pour séparer le grain et la bourre, καρπόν τε καὶ ἄχνας[1]. Une autre comparaison non moins familière nous montre le vaisseau piquant et bondissant sur la lame, tout couvert d'écume et de poussière d'eau, ἡ δέ τι πᾶσα ἄχνη ὑπεκρύφθη[2]. Les hautes falaises de Kasos, opposées à la grande mer et aux houles du sud, présentent souvent le spectacle décrit par un vers de l'*Odyssée* : « C'étaient des côtes accores, rocheuses et pointues où grondait la mer et tout était couvert par l'ἄχνη du flot[3]. » Pourtant ce substantif ἄχνη, pris comme nom géographique, déroute l'esprit : au lieu du substantif isolé, *l'Écume*, on attendrait plutôt un nom composé, comme *l'Ile de l'Écume*, ou une épithète, comme *l'Écumeuse*, Ἀχνήεσσα ou Ἄχνουσσα, ainsi que nous verrons tout à l'heure Ὑλήεσσα et Κελάδουσσα. Une telle appellation ne semble donc pas un mot original, populaire. Les Français ont donné longtemps au Pirée le nom de *Port-Lion* ou *Port-Lyon*[4]; Port du Lion eût été bien plus conforme à leur onomastique ordinaire : c'est qu'ils ne faisaient que répéter, en le traduisant à peine, le nom italien *Porto Leone*. On peut soupçonner quelque opération semblable des Grecs anciens au sujet de Ἄχνη.

Bochart avait déjà signalé que l'équivalent d'ἄχνη serait, en hébreu, קש, *cas*[5]. On ne saurait trop insister sur cette équivalence. Homère compare les guerriers fuyants aux pailles que le vent balaie sur les aires sacrées,

ὡς δ'ἄνεμος ἄχνας φορέει ἱερὰς κατ' ἀλωάς[6],

et la même comparaison se retrouve dans la Bible : « Comme le *kas* sous le vent du désert, je les ai dispersés », dit l'Éternel à

---

1) *Iliad.*, V, 501.
2) *Iliad.*, XV, 626.
3) *Odyss.*, V, 400-405. Cf. *Odyss.*, XII, 238 :

ὑψόσε δ' ἄχνη
ἄκροισι σκοπέλοισιν ἐπ' ἀμφοτέροισιν ἔπιπτεν.

4) Michelot, *Portulan*, p. 395, garde encore ce nom en 1824.
5) Bochart, *Chanaan*, I, p. 372.
6) *Iliad.*, V, 501.

Jérémie [1]. Κάσος serait une excellente transcription grecque de *qas*. La lettre initiale de קש, le *qoph*, a été rendu par un κ. Cette lettre, en effet, conservée par les Latins, qui en firent leur *q*, avait rapidement disparu de l'alphabet grec, qui ne garda que le כ, le *kaph*, le κάππα. N'ayant plus les deux lettres, il semble que pour la transcription des mots sémitiques, les Grecs aient rendu le plus souvent par un κ le *qoph* initial, et par un χ le *kaph* initial : la règle n'est pas absolue et quelquefois, au contraire, le *qoph* initial est rendu par un χ, ou, plus souvent encore, le *kaph* initial par un κ. Mais on trouverait beaucoup plus d'exemples en faveur de la règle que contre elle : *Qadesch Barnea* = Κάδης Βάρνη, *Qabzeel* = Καβσεήλ, *Qadmiel* = Καδμιήλ, etc., pour ne citer que des noms propres et des transcriptions indiscutables.

Κάσος semble donc bien un nom sémitique transcrit en grec, et Κάσος-Ἄχνη forment un doublet, dont Κάσος serait, d'après certains indices, l'original et Ἄχνη la traduction. Pour en revenir, en effet, à notre exemple de *Porto-Leone* et *Port-Lion*, on peut présumer que les Grecs copièrent, en le traduisant, le nom sémitique, — et en l'écourtant sans doute : *Kas* devait être précédé d'un déterminatif, comme île ou roche, *I-Kas*, *l'Île de l'Écume*, *Sor* ou *Sar-Kas*, la *Roche de l'Écume*, et peut-être ce déterminatif n'a-t-il pas si complètement disparu que, dans la suite, nous n'arrivions plus à le retrouver.

* *

Voilà donc un premier exemple, Κάσος-Ἄχνη, qui paraît convaincant. Toutefois, isolé, il ne peut suffire : on aurait toujours le droit d'alléguer la part du hasard et des rencontres, même invraisemblables. Voici donc quelques autres de ces doublets.

L'île la plus voisine de Délos, celle que les marins actuels appellent la grande Délos, était pour les Anciens Ῥήνεια, *quam Anticlides Celadussam vocat, item Artemin Hellanicus* [2]; Strabon ajoute le nom d'Ὀρτυγία, qu'il rapporte à une période antérieure,

1) *Jerem.*, xiii, 23.
2) Plin., IV, 22.

ὀνομάζετο δὲ καὶ Ὀρτυγία πρότερον [1]. Mais la plupart des auteurs réservent ce dernier nom à la petite Délos.

Κέλαδος, dit l'*Etymologicum Magnum*, signifie le tumulte et le bruit, σημαίνει τὸν θόρυβον καὶ τὴν ταραχήν. Homère emploie ce mot pour désigner le brouhaha de la bataille, le choc des armes et les hurlements des combattants. Il emploie l'épithète κελάδων pour les torrents mugissants et pour les vents qui gémissent sur la mer,

ἀκραῆ Ζέφυρον, κελάδον τ' ἐπὶ πόντον [2].

Κελάδων est resté le nom d'un torrent d'Arcadie. Ce nom de Κελάδουσσα convient à la grande Délos. Sa forme déchiquetée, les baies fissurées et profondes qui la coupent presque de part en part, ses roches saillantes, ses aiguilles surplombant la mer de 150 mètres [3] racontent la lutte des flots qu'en tout temps les courants et les vents du nord lancent contre ces rochers; car cette île se dresse sans abri, en travers de la passe de Myconos, en face du mistral et du courant des Dardanelles. Les hurlements de ces flots donnèrent toujours naissance à de terribles histoires de *vroucolacas*, de revenants, et Bondelmonte signale au nord de Syra la Roche aux Chèvres où les esprits immondes se donnent rendez-vous; quand un navire vient à passer ou à séjourner pour la nuit, c'est un tel sabbat et de tels rugissements que ciel et terre semblent vouloir crouler, et les esprits crient à pleine voix les noms des navigateurs [4]. Hannon le Carthaginois éprouva les mêmes terreurs dans cette île du Couchant, que ses devins lui conseillèrent d'abandonner à cause des tumultes et cris nocturnes [5].

Dans toutes les langues sémitiques, les racines רנח, *ranca*, et רנן, *ranna*, existent avec leurs dérivés, pour désigner tous les bruits violents, toutes les clameurs et tous les murmures des êtres et

1) Strab., X, 486.
2) *Odyss.*, II, 421.
3) *Instruct. naut.*, p. 186.
4) Bondelm., *Lib. Insul.*, p. 93 : « est ad septentrionem Syri Capraria Scopulus, in quo, ut aiunt, spiritus pervagantur immundi, et, dum naves transeunt vel in nocte casu morantur, tantus strepitus et mugitus vocum erigitur, quod coelum et terra ruere videtur. »
5) Hannon, *Peripl.*, 14.

choses, froissements d'armes, vibrations de cordes, cris humains de joie ou de douleur : bref, l'équivalent exact du grec κέλαδος est l'hébreu רנה *rinea*, dont ρήνεια serait la transcription grecque très fidèle. Des trois consonnes de la racine sémitique, en effet, la troisième est cette aspirée très douce ה, que les Indo-Européens semblent n'avoir jamais pu rendre et dont les Grecs dans leur alphabet firent la voyelle ε ; ici, la diphthongue ει en tiendrait la place ; on trouve aussi l'orthographe Ρηνεία qui conviendrait tout aussi bien.

Au fond de l'Adriatique, les Grecs avaient un autre groupe d'îles Κελαδοῦσσαι, et sur les côtes d'Espagne un fleuve Κέλαδος a gardé jusqu'à aujourd'hui leur nom de Celado[1]. De même, il est possible que les Phéniciens aient connu d'autres îles hurlantes. Entre la Sicile et l'Afrique, la petite île actuelle de Pantellaria, l'ancienne Κοσσύρα, semble avoir porté le nom sémitique de אירנים, *Iranim*, qu'on lit au revers de certaines monnaies puniques[2]. Ce nom, ainsi que le reconnaissent les éditeurs du *Corpus Inscriptionum Semiticarum*, paraît se rattacher à cette classe de noms insulaires qui se rencontrent dans toute la Méditerranée et qui sont composés du mot *ai* ou *i*, אי ou י, *île*, *terre* (les Grecs ont transcrit αι, ε, ι, et les Latins *e*, *i*, *ae*), et d'un déterminatif : telle cette île des Éperviers sur la côte sarde que les Grecs nomment Ἱεράκων νῆσος et qu'une inscription phénicienne nomme *Ai-nosim*[3]. Ce déterminatif dans *I-ranim* ne pourrait-il pas être dérivé de la même racine רנן ou רנה, *ranna* ou *ranea*? L'hébreu רן, *ran*, *hurlement*, aurait son pluriel régulier רנים *ranim*, que l'on ne trouve qu'une fois dans la Bible sous la forme construite רני *rane*. Nous aurions l'île des Hurlements, *I-ranim*: l'onomastique palestinienne nous fournit un lieu-dit *les Sanglots*, בכים *Bokim*, — Κλαυθμῶνες, traduisent les Septante, *id est plorationes*, ajoute la Vulgate[4], — et ce mot *Bokim* se rattache à la racine *bakea*, exactement comme *ranim* se rattacherait à *ranea*.

---

1) Cf. Pape Benseler, *Wört. der Griech. Ergenn.*, s. v.

2) Cf. *C. I. S.*, I, p. 181.

3) Cf. *C. I. S.*, I, p. 182 et suiv.

4) *Juges*, I, 2 et 5.

*
* *

Le doublet Ῥήνεια-Κελάδουσσα semble donc de même origine et de même date que le doublet Κάσος-Ἄχνη. Un nouvel exemple nous est fourni par deux noms de Σάμος.

Samos est l'une des grandes étapes sur la route de détroits côtiers, qui bordent l'Asie Mineure et qui, de Rhodes, conduisent par une sorte de canal presque continu jusqu'à Constantinople. Les anciens se représentaient même cette route comme parfaitement rectiligne, orientée tout droit du sud au nord, si bien que, du canal de Rhodes au Bosphore, c'était comme un tuyau dont la paroi de droite, formée par la côte asiatique, serait pleine et dont la paroi de gauche, au contraire, formée par les îles, serait ajourée [1]. De tout temps cette route a été suivie par les voiliers et jalonnée d'escales, à distances régulières : « Le port de Scio (Chios), dit Tournefort, est le rendez-vous de tous les bâtiments qui montent ou qui descendent, c'est-à-dire qui vont à Constantinople ou qui en reviennent pour aller en Syrie et en Égypte...; tous les bâtiments qui descendent de Constantinople en Syrie et en Égypte, s'étant reposés à Scio, sont obligés de passer par l'un des détroits de Samos (le grand détroit entre Icaria et Samos ou le petit détroit entre Samos et la côte asiatique). Il en est de même de ceux qui montent d'Égypte à Constantinople. Ils y trouvent de bons ports et leur route serait trop longue s'ils allaient passer vers Mycone et vers Naxie. Ainsi ces *Boghas* (détroits) sont les véritables croisières des corsaires, comme on parle dans le Levant, c'est-à-dire que ce sont des lieux propres pour reconnaître les bâtiments qui passent [2]. »

Le petit détroit de Samos, à cause même de son peu de largeur, a toujours semblé un lieu d'excellente embuscade pour les pirates. Au cours de ce siècle encore (1821), « les marins ne traversent point ce détroit sans être saisis de crainte, car c'est là que les corsaires attendent leur proie; tous les rivages sont bordés de criques, de petites anses, de ports formés par des écueils; les

1) Cf. Strab., XIII, p. 584; XIV, p. 655.
2) Tournefort, *op. cit.*, II, p. 103.

corsaires sortent de là pour tomber sur les navires marchands[1] ».
C'est dire que l'exploitation commerciale de l'Archipel est à
peu près impossible, quand on n'est pas maître de ce détroit et
quand une forteresse ou une guette n'en garantissent pas le libre
usage et la sécurité.

La face de l'île qui regarde le détroit est une grande plaine
ondulée, bien arrosée, une grasse terre verdoyante, qui semble
plus verte encore, comparée aux îles voisines[2] ; l'île s'appela
Μελάμφυλλος, *à la sombre ramure*, à cause de cette qualité du sol,
διὰ τὴν ἀρέτην τοῦ ἐδάφους[3]. Cette plaine fleurie, — 'Ανθεμοῦς, autre
nom de Samos, — est limitée au nord par une haute montagne,
dont les chênes, malgré les déboisements de plusieurs siècles,
fournissaient encore des chargements de valonée aux contemporains de Tournefort[4]. — Δρυοῦσσα est encore un nom de Samos.
Restent les noms de Παρθενία et d'"Ιμβρασος.

Παρθενία, suivant les uns, était une épithète de la ville que les
poètes appellent la ville des nymphes, ἄστυ νυμφέων[5]. Suivant
d'autres, c'était, appliqué à l'île tout entière, le nom du petit
fleuve qui, traversant la plaine, venait se jeter dans le détroit
et qui portait aussi le nom d'"Ιμβρασος[6]. Cette épithète παρθένιος se
retrouve souvent dans l'onomastique grecque, attribuée à des
fleuves, des monts, des îles ou des promontoires. Les anciens
l'expliquaient par le substantif παρθένος, *la Vierge* : c'étaient pour
eux des Iles, des Monts, des Caps, des Fleuves de la Vierge ou
des Vierges[7]. Cette explication peut servir quelquefois ; peut-être
n'est-elle pas toujours la bonne, car en Arcadie, on donne le nom
de παρθένοι à des cyprès sacrés[8] et de nombreuses légendes de

---

1) Michaud et Poujoulat, *Corresp. d'Orient*, III, p. 451.
2) Tournefort, *op. laud.*, II, p. 105.
3) Iambl., *Vit. Pythag.*, III.
4) Tournefort, *op. laud.*, II, p. 107 : « On charge dans cette île des *velanides*
pour Venise et pour Ancône ; c'est cette espèce de gland que l'on réduit en
poudre pour tanner les cuirs. »
5) Anacreont., fr. 51.
6) Strab., *loc. cit.*
7) Strab., X, 543.
8) Paus., VIII, 24, 7.

vierges changées en cyprès nous prouvent que tous les Grecs employaient ce mot comme les Arcadiens. Κυπαρισσία est aussi une épithète de Samos, et cette épithète donne toute sa valeur à cette autre que nous avons déjà rencontrée, μελάμφυλλος[1]. L'équivalent du grec κυπάρισσος est l'hébreu ברוש, *beros*. Or, il faut tenir compte des deux faits suivants :

1° Non loin des côtes d'Espagne, une île que nous appelons Iviça, que les Romains avant nous appelaient *Ebusus*, avait reçu des Grecs, avec le nom de Αἴβουσος, celui de Πιτύουσσα, l'*île des Pins*, et il semble bien que cette appellation soit la traduction du nom phénicien אי־בשם, *Ai-bousim*, que l'on trouve sur une monnaie punique, dont *Ebusus*, Αἴβουσος, Ἔβυσος et notre *Iviça* ne sont que des adaptations successives[2]. Il est constant d'ailleurs que dans toutes les mers fréquentées par les Phéniciens ou les Carthaginois, on rencontre des noms d'îles, formées — nous l'avons vu plus haut —, du mot אי, *ai*, ou י, *i*, qui signifie *terre*, *île*, et d'un déterminatif.

2° Il semble bien que le β des Grecs ait toujours été prononcé comme un V, non comme un B. Les Grecs d'aujourd'hui n'ont pas notre articulation B et ne peuvent la figurer ou l'émettre qu'en réunissant deux de leurs consonnes, μπ ou μϐ; c'est par ce moyen qu'ils transcrivent et qu'ils prononcent nos noms européens : Byron pour eux est Μπίρων ou Μέίρων. Il semble bien aussi que leurs ancêtres aient éprouvé le même embarras en face du ב sémitique, qu'ils transforment souvent en π et en φ au début des mots, ou qu'ils transcrivent, dans le corps du mot, à la façon de leurs descendants par μπ ou μϐ, ou tout simplement par un μ : Ἀμϐάμ, dit Alexandre Polyhistor, au lieu de *Abraham*.

En raison de ces faits, je crois que Ἴμϐρασος est l'adaptation grecque du nom sémitique י־ברשם, *I-Brosim*, comme Αἴ-βουσος est l'adaptation de *I-bousim* : Κυπαρισσία et Παρθένος en seraient la double traduction. Nous aurions une preuve peut-être, un indice

---

1) V. *Instruct. naut.*, p. 305, pour les forêts d'essences résineuses : « On faisait autrefois de la poix et du goudron en abondance dans les montagnes de l'île; mais les forêts sont aujourd'hui presque entièrement abattues. »

2) Movers, II, p. 585.

tout au ‑moins, dans l'histoire onomastique d'une autre ville Κυπαρισσία.

Parmi les villes des Phocidiens, à côté de Delphes et de Krisa, l'*Iliade* mentionne une ville du Cyprès, Κυπάρισσος, dont le nom disparut aux siècles postérieurs et dont le site, chez les Grecs eux-mêmes, demeura inconnu ou douteux[1]. Les commentateurs et les voyageurs, anciens et modernes. ont transporté cette ville d'un emplacement à un autre. Un scholiaste la retrouvait à Apollonias; Ottf. Müller la découvrit dans le village actuel d'Arachova, sur le Parnasse, et Bursian dans une autre Arachova sur le chemin de Daulis à Delphes[2]. Leake la plaçait aussi dans le Parnasse à Lykoreia, non loin de Delphes[3]. Mais Pausanias en faisait une ville maritime et croyait qu'à ce nom oublié, on avait substitué celui d'Ἀντικύρα. Or, au fond de ce golfe d'Anticyre, sur la route qui, suivant une profonde vallée, mène aux plaines de l'intérieur, à l'endroit du défilé le plus facile à défendre, se trouve une ville d'Ἄμβρυσος ou Ἄμβρωσος, avec un culte de la déesse maritime, que la légende grecque croyait être venue de Crète, Ἄρτεμις Δικτυνναία[4]. Les gens d'Ambrusos vivent de la culture industrielle de la cochenille; ces côtes sud de la Phocide et de la Béotie sont pleines des souvenirs de Kadmos débarqué à Krisa et d'Héraklès honoré à Boulis, Thespies, etc. ; dans certains ports, plus de la moitié de la population s'adonne à la pêche de la pourpre[5]. Je crois que la Κυπάρισσος homérique et cette Ἄμβρυσος ne font qu'une seule et même ville.

Ce nom d'Ἄμβρυσος, avec toutes les variantes qu'en donnent géographes et commentateurs, Ἄμβρυσσος, Ἄμφρυτος, Ἄμβρωτος, serait une transcription tout à fait littérale de *beros* ou *berous*, avec l'α prosthétique si fréquent dans toutes les onomastiques empruntées ou transcrites. Nous aurons, par la suite, bien

---

1) *Iliad.*, II, 519. Sur tout ce passage, cf. Buchholtz, *Homer. Real.*, I, p. 162.

2) Ottf. Müller, *Orchom.*, p. 484; Bursian, *Geogr. von Griechenl.*, I, p. 170.

3) Leake, *North. Grecce*, II, p. 579.

4) Cf. Preller, *Griech. Myth.*, I, p. 317; Paus., X, 36.

5) Paus., X, 37, 3 : οἱ δὲ ἄνθρωποι οἱ ἐνταῦθα πλέον ἡμισεῖς κόχλων ἐς βαφὴν πορφύρας εἰσιν ἁλιεῖς.

d'autres exemples de cette prosthèse dans les mots empruntés
par les Grecs aux Sémites. Qu'il suffise ici d'en rappeler un con-
cluant. On s'accorde généralement à retrouver dans les monts
'Αταβύριος de Rhodes et de Sicile des *tabor* ou *tabour*, ὄμφαλος,
nombril, phéniciens[1] ; c'est sous la forme 'Αταβύριον que Polybe
connaît le *Tabor* de Palestine[2]. Entre le samien Ἴμβρασος et le
phocidien Ἄμβρυσος, il y a des différences. Mais si Polybe écrit
'Αταβύριον, Josèphe et les lexicographes donnent toujours au mont
palestinien le nom de Ἰταβύριον[3]; je crois d'ailleurs avoir expliqué que, dans Ἴμβρασος, les Grecs transcrivaient un mot composé *I-brosim*, et que dans Ἄμβρυσος nous n'avons qu'un *a* prosthétique. Sur l'autre différence de vocalisation, ρας et ρυς, nous
aurons à revenir par la suite.

Pour Samos, d'ailleurs, nous avons un autre doublet gréco-
sémitique. Car ce nom même de Σάμος est l'équivalent du grec ὕψος,
hauteur : Strabon sait encore que dans la vieille langue grecque
ces deux mots étaient synonymes, ἐπειδὴ σάμους ἐκάλουν τὰ ὕψη[4]. Il
pense avec raison que l'île a reçu ce nom en raison de sa hauteur : elle a des montagnes qui s'élèvent à 1.500 mètres. Dans
presque toutes les langues sémitiques, on trouve la racine שמה,
sama, avec le sens de *s'élever*, *être haut* (arabe et araméen); c'est
à cette racine que tous les Sémites ont emprunté le nom des cieux,
samaïm. L'arabe et l'araméen ont l'épithète *sam*, *haut*, *élevé* :
Samos serait donc *Sama*, *la haute*. C'est à une forme féminine,
en effet, qu'il faut penser, à cause des variantes Σαμία et Σάμη qui
alternent avec le nom de Σάμος : Σάμη serait la transcription ri-
goureuse exacte de שמה, *samah*. Une autre île grecque, dans la
mer Ionienne celle-là, portait ce même nom de Σάμη. Elle faisait
partie du royaume d'Ulysse. Rocheuse, παιπαλόεσσα, dit l'*Odyssée*,
montagneuse, ὀρεινή, dit Strabon, avec une haute tête dressée à
1.600 mètres au-dessus de la mer[5], elle reçut des Grecs le nom

1) Cf. Kiepert, *Geogr.*, 123; H. Lewy, *Die Semit. Fremdwörter*, p. 194.
2) Polyb., V, 70.
3) Joseph., *Ant.*, V, 1, 22; XIII, 15, 4; etc. Cf. Suidas, Hésych.
4) Strab., VIII, p. 346; XIV, p. 647.
5) *Odyss.*, IV, 671 ; Strab., X, p. 457; *Instruct. naut.*, p. 49.

de Κεφαλληνία ou de Κρανία : dans la légende locale Σάμος et Κράνιος sont fils de Κέφαλος.

* *

Afin de ne pas allonger outre mesure notre démonstration, je voudrais m'en tenir actuellement à ces quatre ou cinq doublets Κάσος-Ἄχνη, Ῥήνεια-Κελάδουσσα, Ἱμβρασος-Παρθένος, Σάμος-Ὕψος, etc. J'ai dit qu'il existait toute une collection de ces mêmes doublets dans l'Archipel, dans la mer Ionienne, comme sur les côtes de Sicile et d'Afrique : un à un, ils se présenteront à notre examen ; je n'en ajouterai ici qu'un autre exemple, parce qu'il se rapporte directement à notre texte homérique.

L'*Odyssée* et les navigateurs modernes nous ont parlé des îles calcaires de l'Archipel et de leur salubrité. Tournefort et Choiseul-Gouffier nous vantaient surtout le climat et l'air de Siphnos. Or cette île, dans l'antiquité, portait aussi les noms de Μερόπη ou Μεροπία et de Ἄκις, *Siphnos ante Meropia et Acis appellata.* Ἄκις doit s'expliquer par la racine ἀκέω, *soigner* : la langue commune emploie plutôt ἄκος, *remède* ; mais Galien désigne par ἄκις une sorte de bandage. Ἄκις pourrait donc signifier *la guérison*, et, comme nom de lieu, le *Sanatorium :* le texte de Tournefort nous dit assez que Siphnos méritait ce nom. Or, de la racine sémitique רפא *rapa, guérir*, se forme régulièrement le nom d'instrument ou de lieu מרפא ou מרפה, *merapa*, que le texte biblique actuel vocalise *marpe*, mais dont le grec μερόπη ou μεροπία me semblerait une transcription bien plus exacte ou, en tout cas, une adaptation à peine hellénisée : une inscription phénicienne nous donne un dieu de la Santé, *Baal Sanator*, traduisent les éditeurs du *Corpus Inscript. Semiticarum*, בעל-מרפא, *Baal-Merape* [1].

Mais si nous ne pouvons examiner ici tous ces doublets ni discuter tous les résultats de cet examen, peut-être serait-il facile et court d'expérimenter, une fois pour toutes et par une sorte de contre-épreuve, la valeur de cette méthode elle-même, qui pour moi est la clef de tout le problème des origines grecques, la seule

_____
1) *Corp. Inscr. Semit.*, I, n° 41.

méthode capable de nous donner des résultats presque certains. Voici donc cette contre-épreuve.

Πάρος, dit Pline, s'appelle aussi Πλατεῖα et c'est le nom le plus ancien, *Paros, quam primo Plateam postea Minoida vocarunt* [1]. Πλατεῖα, *la large, la plate, la Table*, est une épithète étrange pour le cristal de marbre qu'est Paros. L'île a bien quelques plainettes sur les côtes nord-est et sud-ouest. Mais, avec le mont Saint-Élie, qui en occupe le centre et qui s'élève à près de 800 mètres, elle apparaît sur la mer comme un cône presque régulier ; elle est tout juste le contraire d'une île πλατεῖα. C'est, d'ailleurs, le cas de presque toutes les îles de l'Archipel et même de toutes les îles grecques. Une seule d'entre elles fait exception : « L'île, disent les *Instructions nautiques,* a près de cinq milles 1/2 de longueur, un peu moins de deux milles de largeur et une hauteur maxima de 245 mètres ; ses rives, généralement élevées, sont formées de falaises blanches et à pic ; en général, l'île est plate et couverte d'une épaisse plantation d'oliviers [2]. » Avec ses falaises à pic et sa plaine au sommet, voilà bien l'île du Plateau, l'île de la Table : cette île s'appelait et s'appelle encore Πάξος. Dans la grande inscription phénicienne de Marseille [3], à la ligne 18, le mot פס, *pax*, est employé pour désigner l'inscription elle-même, la plaque de marbre sur laquelle est gravé le tarif religieux : les éditeurs du *Corpus Inscriptionum Semiticarum* [4] dérivent ce mot de la racine פסס, *s'étendre : pax* est donc l'étendue plate, le tableau, la table. Le mot revient avec le même sens à la ligne 20 de cette inscription et dans une inscription similaire trouvée à Carthage (l. 11) [5]. C'est donc bien l'équivalent de Πλάτεια, et Πάξος en est une transcription exacte puisque le ס est cette lettre de l'alphabet phénicien, entre le N et le O, dont les Grecs ont fait leur ξ. On comprendrait sans peine comment une erreur de copiste ou de lecture a fait entendre ou lire Πάρος, au lieu de Πάξος, à Pline ou à l'auteur

1) Plin., IV, 22, 12.
2) *Instruct. naut.*, p. 24.
3) *C. I. S.,* nº 165.
4) *C. I. S.,* nº 235.
5) *C. I. S.,* n 716.

grec que Pline copiait, — à moins que l'on n'ait ici qu'une faute de manuscrit.

*
* *

Paxos est une île de la mer Ionienne, au sud-est de Korcyre, au nord de Σάμη-Κεφαλληνία, sur la côte des Thesprotes. Dans cette mer, les Phéniciens naviguent aussi, et souvent, si l'on en croit l'*Odyssée*[1]; nous avons déjà catalogué ces textes : « J'étais allé trouver des Phéniciens illustres, raconte Ulysse ; je leur avais payé le passage sans marchander, et je les avais priés de me conduire et de me laisser soit à Pylos, soit dans l'Élide divine. » Mais la navigation de cette mer ouverte n'est pas commode : rien n'abrite contre le *sirocco* du sud-est, qui souffle pendant plusieurs semaines, parfois durant toute une lunaison, sans discontinuer[2]. Les Phéniciens, — dans le récit qui est une invention d'Ulysse, mais qui par cela même doit respecter d'autant plus les vraisemblances pour tromper l'auditoire, — les Phéniciens auraient bien voulu aller en Élide ; cette fois-là, par hasard, ils n'avaient pas l'intention de tricher ; mais, venus de Crète, le *sirocco* les chassa vers le nord-ouest et c'est ainsi qu'ils débarquèrent sur la côte d'Ithaque :

> ἀλλ' ἤτοι σφέας κεῖθεν ἀπώσατο ἲς ἀνέμοιο
> πολλ' ἀεκαζομένους · οὐδ' ἤθελον ἐξαπατῆσαι[3].

C'est une pareille navigation des Phéniciens qu'Ulysse invente encore au XIVᵉ chant (v. 288-310) : ils allaient de Phénicie en Libye ; un bon vent, un traversier du nord, les mena jusqu'à la hauteur de la Crète, à la moitié de l'île ; mais alors s'ouvrit la grande mer, sans île en vue : rien que le ciel et la mer. — « Il est si dangereux, dit le bon Tournefort, de passer de Candie aux îles de l'Archipel sur des bâtiments du pays... le trajet est de

1) *Odyss.*, XIII, 272-300.

2) Cf. *Instruct. naut.*, p. 2-3 : « Le sirocco, soufflant de l'Afrique, prédomine en novembre et décembre et, après un mois d'intervalle, se fait de nouveau sentir en février et mars ; pendant la lunaison d'août et quelquefois aussi pendant celle de juillet, il se fait seul sentir ; il souffle partiellement pendant toute une lunaison et, après une courte période de calme, reprend de nouveau avec sa force ordinaire, pendant quatorze autres jours. »

3) *Odyss.*, XIII, 276.

cent milles et ces bâtiments sont des bateaux de douze à quinze
pieds de long. qu'un vent un peu violent renverse sans peine :
d'ailleurs, il n'y a point de reposoir en chemin, et c'est un grand
malheur en fait de voyage de mer de ne savoir où relâcher quand
on est menacé d'une tempête [1]. »

> 'Αλλ' ὅτε δὴ Κρήτην μὲν ἐλείπομεν, οὐδέ τις ἄλλη
> φαίνετο γαιάων, ἀλλ' οὐρανὸς ἠδὲ θάλασσα [2],

reprend Ulysse, Zeus fit monter au-dessus du vaisseau un nuage
noir et toute la mer au-dessous s'assombrit : coups de tonnerre, la
foudre tombe ; le navire est chaviré. — « En été, disent les *Instructions nautiques* de la mer Ionienne, on éprouve quelquefois
des coups de vent, mais de courte durée, d'une couple d'heures
peut-être ; ils sont très violents et, dans les canaux intérieurs,
entre les îles, ils sont annoncés par de gros nuages noirs, qui
viennent crever sur ces bras de mer, en grains dangereux, accompagnés de pluie ou de grêle si épaisse que toute vue de la terre
avoisinante est cachée [3] ».

> δή τότε κυανέην νεφέλην ἔστησε Κρονίων
> νηὸς ὑπὲρ γλαφυρῆς · ἤχλυσε δὲ πόντος ὑπ' αὐτῆς,

reprend Ulysse ; « tous furent noyés ; mais Zeus me mit un mât
entre les mains et sur cette épave, après dix jours, une grosse
vague me roula à la côte des Thesprotes. »

Ce dialogue d'Ulysse et des navigateurs modernes nous montre la part de réalité absolument vraie ou l'extrême vraisem-
blance de tous les détails matériels que l'on découvre toujours,
à mesure que l'on étudie plus soigneusement ces récits de
l'*Odyssée*. Ulysse invente ce naufrage et cette navigation en compagnie des Phéniciens ; mais tous les détails en sont empruntés
à l'expérience journalière, vérifiable : la présence même des
Phéniciens dans la mer Ionienne était donc un incident de la
vie quotidienne d'alors. D'ailleurs, elle apparaîtra comme certaine à la première réflexion. Ces coups de vent, qui de la mer

---

1) Tournefort, *op. laud.* I, p. 169.
2) *Odyss.*, XIV, 301.
3) *Instruct. naut.*, p. 2.

Libyque jettent les barques vers le nord et les poussent aux côtes
grecques ou épirotes, existaient alors comme aujourd'hui. Les
Phéniciens faisaient la navette dans cette mer Libyque entre
leurs métropoles de la côte syrienne et leurs colonies de la côte
barbaresque. Il est donc impossible qu'ils aient ainsi navigué
durant des siècles entre Tyr ou Sidon et Carthage, sans que
plusieurs de leurs vaisseaux, chaque année, n'aient eu à essuyer,
dans les parages de la Crète et de l'Afrique, quelque coup de
sirocco qui les chassait au nord, jusqu'au fond de la mer Ionienne.
Aussi, quand M. Oberhümmer a voulu regarder de près la
toponymie de cette mer, il a immédiatement retrouvé le souvenir
de ces navigateurs phéniciens sur la côte d'Acarnanie [1].

III

Pour revenir maintenant au nom de Syros, l'antiquité ne nous
a pas transmis l'un de ces doublets de la forme Ῥήνεια-Κελάδουσσα,
Κάσος-Ἄχνη, Ἴμβρασος-Παρθένιος, Πάξος-Πλάτεια. Mais ce nom de
Σῦρος rentre dans la colonne des noms de l'Archipel qui sont inex-
plicables en grec ; or quelques-uns, — nous venons de le voir,
— ont certainement une origine sémitique et tous les autres, —
que l'on me fasse momentanément crédit pour cette affirmation,
— tous les autres ont une étymologie sémitique vraisemblable.
Aussi l'opinion de Kiepert et des autres me semble-t-elle la
bonne, pour qui Σῦρος est la transcription du sémitique צור *Sor* ou
Sour, *la Roche*.

La transcription de *Sour* en Σῦρος va sans difficulté : la première
lettre du mot *Sor* est cette dentale-sifflante, le צ, que les Grecs
n'ont pas conservée dans leur alphabet (n'en ayant pas besoin
dans leur langue et éprouvant à la prononcer, comme nous-mêmes
aujourd'hui, une difficulté presque insurmontable), mais que les
Arabes ont dédoublée et dont ils ont fait leur *dad* et leur *şad*,
une dentale et une sifflante. Les Grecs, dans les noms sémitiques

1) E. Oberhümmer, *Die Phoenizier in Akarnanien*, Munich, 1887.

qu'ils adoptaient ou transcrivaient, ont rendu cettre lettre tantôt
par une dentale, tantôt par une sifflante. Le mot *sor* lui-même
est le nom d'une ville phénicienne, qui, oubliée aujourd'hui
sous les masures d'un pauvre village et sous le déguisement
arabe de *Sour*, joua le rôle que l'on sait sous le nom de Tyr :
Τύρος, disait le peuple grec; mais les érudits écrivaient Σὲρ ou
Σοὸρ[1], Σοὺρ[2], Σῦρ[3] et ils savaient que Σῦρ, inusité chez leurs compatriotes, était un nom historique, le nom primitif du pays phénicien, τὸ δὲ Σῦρ, οὐ σύνηθες παρὰ Ἕλλησιν ἀλλ' ἱστορίας ἐχόμενον · οὕτω
γὰρ ἐκαλεῖτο πρότερον ἡ Φοινίκη[4]. Homère appelait ce pays Σιδονίη,
Sidonie; les Grecs postérieurs l'appelèrent Συρία, *Syrie*. Entre
ces deux noms il y a sans doute le même parallélisme qu'entre
Tyr et Sidon. Tant que Sidon fut la ville principale, le grand
entrepôt de cette côte, tout le pays pour les navigateurs étrangers était la *Sidonie*. Quand Tyr ou Syr devint le centre des
affaires et la métropole des colonies subséquentes, les marins ne
connurent plus que la *Tyrie* ou *Syrie*, Συρία. Ce nom donné d'a-
bord à la côte fut ensuite étendu aux montagnes et aux plaines
de l'intérieur : ce n'est pas autrement que la *Palestine*, originai-
rement le pays des *Philistins* maritimes, est devenue pour nous
toute la région continentale bordée par cette côte philistine.

Dans l'orthographe de ce nom צור, les inscriptions et les monnaies phéniciennes négligent ordinairement le ו, *ou*, du milieu
et écrivent צר[5]. A cette orthographe correspondait-il une prononciation plus brève de l'*ou*, qui serait devenu un *o*, d'où le grec
Σόρ? et cet *o*, très bref à son tour, aurait-il incliné vers l'*a*? Nous
voyons que les Latins ont parfois entendu *Sar* et non *Sor* ou *Sour* :
dans Térence, dans Plaute, dans Virgile, etc. nous trouvons *Sarra*
et *Sarranus* pour désigner la ville et ses produits; *Sarranum ostrum*
est la pourpre. Tout près de Κάσος-Ἄχνη, une île, appelée aujour-
d'hui *Saria*, portait chez les anciens le nom de Σάρος: « L'île de

<hr>

1) Ap. *Ezéchiel*, XXVI, 2, 3, trad. des LXX.
2) Lob, parall., 77.
3) Herodian., I, p. 399 (éd. Lentz).
4) Herodian., *loc. cit.*
5) *C. I. S.*, 7, l. 6; 122, 2, 1.

Saria atteint une élévation de 564 mètres; sa côte orientale (celle qui apparaît aux navigateurs phéniciens) est formée de très hautes falaises, ayant de grands fonds à toucher; dans cette barrière de falaises, une petite coupure forme une baie de peu d'étendue, entourée par d'anciennes ruines[1]. »

Quoi qu'il en soit de cette Saros, Σύρος serait donc La Roche : « le bourg, dit Tournefort, est à un mille du port, tout autour d'une colline assez escarpée, sur laquelle sont situées la maison de l'évêque et l'église épiscopale. » La rade de Syros est, en effet, cerclée de très hautes montagnes qui ne laissent entre elles et la mer qu'une très courte étendue de plaine accidentée : au milieu de cette plaine, se dresse une haute colline effilée, de pente régulière, de base assez large, de sommet tout à fait pointu, un cône de rochers, qu'une gorge circulaire sépare des montagnes environnantes, tandis qu'une plaine étroite le relie à la mer. C'est autour de ce cône, depuis le milieu de la pente jusqu'à l'extrémité de la pointe, que la vieille ville catholique de Syra s'était étagée : au sommet, la maison de l'évêque et l'église des Capucins, protégées par le drapeau français; en bas, mais jusqu'à mi-côte seulement, le troupeau serré des cases blanches et des fidèles. Au XVIIIᵉ siècle, au temps des corsaires francs, turcs et indigènes, la ville perchait ainsi sur sa colline, à un mille du port, n'osant pas descendre par crainte des coups de mains. Aujourd'hui, près de la mer, on a une autre ville, la ville neuve, la ville commerçante, Hermopolis, que le commerce grec a bâtie avec ses quais, ses magasins et ses bureaux, tout le long du port et dans la plainette intermédiaire. Les ruines antiques, qui jonchaient le sol d'Hermopolis, et les trouvailles archéologiques qu'on y fait à chaque nouvelle fondation d'édifice, montrent que durant l'antiquité une assez grande ville s'élevait déjà sur cet emplacement. Mais l'histoire moderne de Syra nous peut renseigner sur son histoire antique. La ville, dans l'antiquité comme de nos jours, n'est descendue jusqu'à la mer que durant la paix hellénique et romaine. Aux temps

1) Tournefort, II, p. 3.

primitifs, elle devait se tenir sur sa roche pointue et se garder
des pirates et des corsaires : les vieilles villes, dit Thucydide,
dans les îles et sur les continents étaient plutôt fondées loin
de la mer, à cause des pirates qui venaient enlever tout ce
qui bordait la côte; c'était le temps où la piraterie occupait les
insulaires, pour la plupart Cariens et Phéniciens, car c'étaient ces
gens-là qui habitaient la plupart des îles, Κᾶρές τε ὄντες καὶ Φοίνικες · οὗτοι γὰρ δὴ τὰς πλείστας τῶν νήσων ὤκησαν [1]. Je sais qu'il est de
mode de ne plus tenir grand compte de ces affirmations de Thucydide ou d'Hérodote sur les Phéniciens. Mais la mode passera :
si un peu d'archéologie éloigne de Thucydide, beaucoup d'autres
études y ramènent.

Dans l'*Odyssée*, pourtant, Syros a deux villes qui se partagent tout le territoire de l'île, mais sur lesquelles règne un seul
et même roi :

> ἔνθα δύω πόλιες, δίχα δὲ σφίσι πάντα δέδασται ·
> τῇσιν δ' ἀμφοτέρῃσι πατὴρ ἐμὸς ἐμβασίλευεν [2].

On aurait tort, je crois, de songer à la double ville d'aujour-
d'hui et d'imaginer, pour ces temps primitifs, une vieille ville
sur la roche et une ville neuve au port. Outre les vraisemblances
que nous avons tirées plus haut du texte de Thucydide et des
faits généraux exposés, il me semble que le texte même de
l'*Odyssée* n'admet pas une pareille interprétation. Ces deux villes,
« qui se partagent tout le territoire », doivent avoir chacune son
domaine, être éloignées l'une de l'autre. De plus, tout le récit qui
va suivre aura deux théâtres, la ville haute avec ses cases et
ses ruelles, et la source avec son lavoir. C'est dans la ville haute
que le père d'Eumée a son palais. C'est à la source que sont
campés les Phéniciens, près du vaisseau qu'ils ont tiré à sec :
c'est là que la bonne d'Eumée, — qui était pourtant honnête et
travailleuse; mais, les pauvres femmes, cela leur fait toujours
perdre la tête [3], —c'est là qu'un jour, en lavant à la fontaine, elle

1) Thuc., I, 7-8.
2) *Odyss.*, XV, v. 412-413.
3) *Odyss.*, XV, 421 :

> . . . . τά τε φρένας ἠπεροπεύει
> θηλυτέρῃσι γυναικί, καὶ ἥ κ' εὐεργὸς ἔῃσιν.

se laissa enjôler par l'un de ces Phéniciens et qu'en plein air elle s'abandonna. L'endroit devait donc être désert, écarté de la ville il est vrai que la coque du navire les cachait un peu :

πλυνούσῃ τις πρῶτα μίγη κοίλῃ παρὰ νηί[1].

Puis la bonne d'Eumée regagna le palais de son maître. La Syra de Tournefort a, de même, la maison de l'évêque sur la pointe de sa colline et « la principale fontaine de l'île coule tout au fond d'une vallée, assez près de la ville »[2] : c'est exactement la même disposition qu'aux temps homériques, la ville haute d'une part, la source de l'autre, en bas. Au temps de Tournefort, un mille environ de terrains vagues s'étend de la ville haute à l'Échelle, au port, et cette même séparation semble exister aussi dans la Syros homérique : car, le soir de l'enlèvement, Eumée et sa bonne descendent par les ruelles obscures, puis, la ville quittée, s'en viennent en courant vers le port, où les Phéniciens ont amené leur navire remis à flot,

ἡμεῖς δ' ἐς λιμένα κλυτὸν ἤλθομεν ὦκα κίοντες[3].

Il semble donc que le poète ancien ait eu de Syros la même vision que le voyageur moderne. Il ne devait connaître qu'une ville auprès de cette rade, une ville haute, αἰπὺ πτολίεθρον, suivant la fréquente épithète homérique, et c'est peut-être cette épithète homérique même de αἰπὺ qui serait la meilleure traduction du sémitique *Sour*, Σῦρος. Nous le soupçonnons du moins par quelques exemples de ces doublets gréco-sémitiques que nous commençons à connaître et auxquels il faut toujours revenir.

* * *

En Chypre, une ville de Σόλοι, sur la côte nord-ouest, avait été colonisée, disaient les Grecs, par Solon d'Athènes, d'où son nouveau nom, car auparavant elle s'appelait Αἴπεια[4]. Dans

1) *Odyss.*, XV, 420.
2) Tournefort, II, p. 3.
3) *Odyss.*, XV, 472.
4) Plut., *Sol.*, 26.

Homère, αἰπεῖα est une épithète des montagnes, des murailles, des roches surplombant la mer :

> ἔστι δὲ τις λισσὴ αἰπεῖά τε εἰς ἅλα πέτρη [1].

Ce nom de Σόλοι se retrouve sur bien des rivages de la Méditerranée, en Chypre, en Cilicie, ou, un peu modifié, Σολόεις, en Mauritanie et en Sicile. — En Mauritanie, c'est un promontoire qui s'appelle Σολόεις : situé au delà des Colonnes d'Hercule, il fut la seconde station de la flotte carthaginoise sous Hannon le navigateur, Σολόεντα, Λιβυκὸν ἀκρωτήριον λάσιον δένδρεσι, dit le Périple. — En Sicile, Σολόεις ou Σολοῦς est une ville de la côte nord, non loin de la ville actuelle de Palerme, une cliente et amie de Carthage [2]. Au dire de Thucydide, c'était l'un de ces postes occupés jadis par les Phéniciens sur tout le pourtour de la Sicile, puis abandonnés par eux quand la poussée de la colonisation grecque arriva : les Grecs les occupèrent alors, à l'exception de trois cependant, qui restèrent aux mains des Phéniciens, Motyè, Panorme et Solous. Ces postes étaient dans des îlots ou sur des promontoires qui surplombent la mer, νησίδια ἄκρας τε ἐπὶ τῇ θαλάσσῃ [3] : le village actuel de Solanto, qui a remplacé Solous, est bâti sur le cap Zaffarano, « haut massif, de forme pyramidale, rocheux, séparé par des terres basses du massif escarpé du mont Montalfano ; vu de loin, il présente l'aspect d'une île [4]. » — En Cilicie, Σόλοι est une ville maritime. Les anciens avaient déjà divisé la Cilicie en deux régions naturelles, la Cilicie de la plaine, πεδιάς, et la Cilicie de la montagne, τραχεῖα, celle-ci, à l'ouest, composée du Taurus et de ses contreforts, qui tombent à pic dans la mer, celle-là, à l'est, formée par les alluvions des fleuves qui poussent vers la mer leurs deltas et leurs plaines marécageuses. Soloi, dit Strabon, marque la limite des deux [5]. Quand on vient donc des côtes de Syrie et quand on a longé pendant une centaine de kilomètres les côtes boueuses de la plaine cilicienne, Soloi est le

---

1) *Odyss.*, III, v. 293.
2) Diod. Sic., XIV, 48.
3) Thuc., VI, 2.
4) *Instruct. naut.*, n° 731, p. 215.
5) Strab., XIV, 570-573.

premier port rocheux que l'on rencontre. — Enfin, pour la Soloi chypriote, son autre nom de αἰπεῖα, *l'escarpée*, parle de lui-même.

Movers et ceux qui l'ont suivi ont donc eu raison de traduire Σόλοι par *rocher* en remontant au sémitique סלע *salo* ou *solo*, qui se retrouve en hébreu, en arabe, en syriaque, en éthiopien, chez tous les Sémites. Le ס du début (lettre dont les Grecs dans leur alphabet ont fait le ξ) varie seulement d'une langue sémitique à l'autre et peut être remplacé par un ש, *s*. Le ע de la fin est une gutturale que les gosiers indo-européens semblent inaptes à rendre et dont les Grecs dans leur alphabet ont fait leur ο. La transcription Σόλοι rend donc exactement סלע. Mais la forme pluriel de Σόλοι et la terminaison de Σολό-εις ont fait penser, avec raison, je crois, qu'il fallait remonter à un original de forme pluriel סלעים *Soloïm*[1]. Cette opinion de Movers me semble indiscutable grâce au doublet Αἰπεῖα-Σόλοι, qui se présente à nous dans le même rapport que Κάσος-Ἄχνη, Πάξος-Πλάτεια, etc. : dans l'onomastique palestinienne, la capitale des Édomites portait le nom de סלע, que les Septante, puis les Romains traduisirent en Πέτρα *Petra*, αἰπεῖα πέτρη, dirait l'*Odyssée*.

Les poèmes homériques mentionnent une autre Αἴπεια en Messénie : Agamemnon, pour apaiser Achille, lui offre *sept* villes messéniennes, qui toutes sont voisines de la mer, πᾶσαι δ' ἐγγὺς ἁλός, dont Aipeia[2]. Ce nom disparut aux temps historiques, et les géographes croyaient que celui de Κορώνη ou celui de Μεθώνη ou celui de Θουρία l'avait remplacé. Strabon penche pour Θουρία, parce que cette ville, dit-il, est bâtie sur une haute colline et mérite le nom de Αἴπεια : ἡ δ' Αἴπεια νῦν Θουρία καλεῖται ἵδρυται δ' ἐπὶ λόφου ὑψηλοῦ, ἀφ' οὗ καὶ τὸ ὄνομα[3]. Thouria était bâtie sur la rive gauche du Pamisos, à la lisière de la plaine maritime et marécageuse à quatre-vingt-huit stades de la mer, — dix-huit kilomètres : à peu près la distance d'Athènes au Pirée, — un peu au nord du port actuel de Kalamata et sur les premiers contreforts du Taygète. C'est le type même des anciennes villes que Thucydide nous

1) C. Movers, II, pp. 174 et 332; H. Lewy, *Die Semit. Fremdw.*, p. 145.
2) *Iliad.*, IX, 153.
3) Strab., VIII, 361.

décrivait plus haut, écartées de la mer à cause des pirates, habitées tant que dure la piraterie, puis désertées quand les pirates ont disparu, καὶ μέχρι τοῦδε ἔτι ἀνῳκισμένοι εἰσί[1]. Les gens de Thouria, dit Pausanias, habitaient autrefois leur ville perchée sur la hauteur, ἐν μετεώρῳ; mais, par la suite, ils sont descendus vers la plaine et c'est là qu'ils habitent aujourd'hui; pourtant ils n'ont pas entièrement abandonné la ville haute, τὴν ἄνω πόλιν; ils y gardent encore, parmi les ruines de leurs murailles, un sanctuaire qu'ils nomment le Temple de la Déesse Syrienne, ἱερὸν ὀνομαζόμενον θεοῦ Συρίας[2]. Ainsi font encore aujourd'hui les gens de Calymnos : au temps des corsaires francs et des pirates turcs ou chrétiens, ils habitaient loin de la mer au sommet d'un morne, au centre de l'île ; aujourd'hui, descendus à l'Échelle, ils ont abandonné la vieille ville dont ils continuent pourtant à entretenir les églises et où ils remontent pour les fêtes de la Vierge et de leurs autres patrons.

Dans cette vieille ville messénienne de Thouria, le culte de la Déesse Syrienne semble avoir surpris Pausanias lui-même : « Ils disent que c'est un temple de la Déesse Syrienne ». Ce culte lui est pourtant familier. De son temps, la Déesse Syrienne a déjà conquis le monde gréco-romain. Mais, venue de la mer, c'est dans les ports, dans les villes du temps, c'est-à-dire, par ce temps de paix romaine, dans les villes de la plaine et de la mer, qu'elle s'est installée : ici, nous la trouvons dans une vieille ville dont elle semble avoir été la maîtresse de toute antiquité. Faut-il penser que ce culte et ce temple datent de la même époque que le culte et le temple des déesses levantines Aphrodite et Isis que Strabon nous signale dans l'Aipeia-Soloi de Chypre[3]?

Or, si le nom Σόλοι est d'origine sémitique, il semble bien qu'il en soit de même pour Θουρία : טור, *thour*, signifie en araméen *montagne, rocher*, et en hébreu *pierre debout, colonne*. On trouve en Béotie, sur la terre de Kadmos, une montagne

1) Thuc., I, 6.
2) Paus., IV, 31. 5.
3) Strab., XIV, 683.

que les Grecs appellent Ὀρθόπαγος, la *Roche debout*, mais qui
porte aussi le nom de Θούριον[1] : cette roche était voisine de Chéronée et c'est Plutarque, natif de Chéronée, qui nous donne ce
renseignement. Voici donc un nouveau doublet gréco-sémitique
Θούριον-Ὀρθόπαγος. La transcription צור, *thour*, en Θούριον ou Θουρία
va de soi, bien que souvent le צ, surtout initial, soit rendu en τ
par les Grecs, et non en θ, comme ici : la terminaison ιον, ια, nous
conduirait à la forme pluriel צורים, *thourim* ou *thoure* suivi d'un
déterminatif qui a disparu.

*
* *

Ce mot *Thour* des Araméens nous ramène à la Syria homérique, car il est exactement le *Sor* ou *Sour* des Hébreux : notre
Syros semble donc avoir été une autre αἰπεῖα. Il faut nous la
représenter dans ces temps lointains, toute semblable à la Thouria messénienne, c'est-à-dire toute semblable aussi à la Syra de
Tournefort ou encore à la Pylos et à l'Ilion homériques : une
plage de débarquement, inhabitée, où l'on ne descend que pour
les affaires commerciales ou pour les cérémonies religieuses. —
c'est là que les indigènes viennent faire leurs sacrifices, comme
Nestor le jour de l'arrivée de Télémaque, et c'est là que les étrangers étalent leurs marchandises, στῆσαν ἐν λιμένεσσι, dit l'*Iliade* en
parlant du cratère phénicien d'Achille, — et, sur les premières
collines de l'intérieur, une ville haute, Πύλου αἰπὺ πτολίεθρον[2].

La rade orientale de Syros n'avait donc qu'une ville autour de
son piton ; mais l'île pouvait en avoir une seconde sur un autre
point. De tout temps, en effet, ces îles de l'Archipel ont eu au bord
de la mer leur ville principale, qui d'ordinaire est le grand port
et que les insulaires appellent du nom générique de χώρα ; mais, à
l'intérieur ou sur d'autres rades, elles ont aussi des villages, des
dèmes, parfois plus importants que la *chora* même. Naxos aujourd'hui a deux villes, Naxie sur la côte, Tragéa à l'intérieur. Kéos,
aux temps des Grecs, en avait quatre[3]. Il en devait être ainsi pour

1) Plut., *Syll.*, 17, 18.
2) *Odyss.*, III, 485.
3) Strab., X, 486 : Κέως δὲ τετράπολις μὲν ὑπῆρξε.

la Syros de l'antiquité odysséenne. Les géographes classiques ne nous mentionnent qu'une ville[1]; mais dans les inscriptions de Syros, on voit apparaître la dénomination de ναξίτης, qui, appliquée certainement à des citoyens de Syros, ne peut être qu'un démotique[2]. Il y avait donc dans l'île, outre la ville de Syros, un dème de Νάξος. Ce dème représenterait pour moi l'autre ville de l'*Odyssée*. Les agglomérations urbaines, en effet, varient beaucoup dans ces îles, suivant l'état de civilisation, et surtout suivant les occupations de leurs indigènes. « Kéos, dit Strabon, avait autrefois quatre villes : il ne lui en reste plus que deux aujourd'hui, Karthaia et Ioulis, qui se sont annexé les habitants des deux autres, εἰς ἃς συνεπολίσθησαν αἱ λοιπαί[3]. » Quand les insulaires vivent de leurs champs, de leurs vignes, de leurs oliviers, ils se disséminent sur toute la surface de l'île, et leurs villes « se partagent tout le territoire » : c'est ce que l'*Odyssée* nous apprend pour la Syros de son temps. Quand au contraire ils vivent du commerce, de la navigation, de la mer, ils affluent et se groupent au port principal : leurs villes viennent se fondre dans une capitale unique. La Syros primitive était dans le premier de ces états. Les Phéniciens tiennent alors le commerce, comme les Francs au temps de Tournefort; les indigènes cultivent : Syros peut avoir deux petites villes. Plus tard, aux temps helléniques, ce sont les insulaires qui naviguent comme aujourd'hui : Syros n'a plus qu'une *chora* et l'ancienne ville de Naxos tombe au rang de dème inconnu.

Au dire des archéologues, on pourrait peut-être localiser ce dème de Naxos au lieu dit actuellement Chalandriani. A cet endroit, du moins, et à ce seul endroit de l'île, en dehors de la ville actuelle, les fouilleurs ont découvert des tombeaux en grand nombre, que certains archéologues rattachent à la période « carienne »[4], que d'autres au contraire affirment être de l'époque

---

1) Ptolém., III, 15, 30.
2) Cf. Dümmler, *Mitth. Athen.*, XI (1886), p. 115 et suiv.; *C. I. G.*, 2347 c.
3) Strab., X, 486.
4) V. Kl. Stephanos, 'Αθήναιον, III, p. 205.

romaine[1]. Ce lieu-dit est une sorte de plateau assez large au sommet des montagnes du nord, avec une source. Une petite ville y aurait donc trouvé place et ressources, et le nom de Naxos conviendrait assez à ce plateau découvert, qui de toutes parts domine la mer en falaises abruptes. Ce nom de Νάξος, en effet, que l'on retrouve dans une île voisine, et en Sicile, et sur la côte de l'Afrique carthaginoise, appartient comme Σύρος à la classe de ces noms insulaires, inintelligibles en grec mais qui ont une explication sémitique : נס, *nax*, signifie en hébreu le *signal*, σημεῖον, traduisent les Septante, signal de guerre ou signal maritime, mais surtout signal de guerre que l'on dresse au sommet des monts pour rassembler les guerriers. Or nous avons vu, dans Diodore, que l'île avait reçu ce nom du héros carien Νάξος, fils de Πολέμων. Pour le sens, on voit sans peine comment, de *nax*, le signal de *guerre*, la légende aurait tiré le héros *Naxos*, fils du *guerrier* Polémon. Quant à la transcription de נס en Νάξος, elle serait tout aussi régulière que celle de סם en Πάξος. Et ici encore, nous aurions peut-être l'un de ces doublets gréco-phéniciens : l'île de Naxos, avec son échine de montagne à trois pointes, se présente au dessus de la mer comme un gigantesque fronton dont le sommet central porte aujourd'hui le nom de Φανάριον, le mont *Lanterne*, le mont *Signal*. Mais je redeviendrai sur cette appellation à propos de la Νάξος sicilienne qui est indubitablement une fondation sémitique.

Les deux villes de l'île homérique, Naxos et Syros, seraient donc de la même époque, de l'époque où, suivant l'expression de Thucydide, « des Cariens ou des Phéniciens habitaient ou fréquentaient la plupart des îles » et où les fils de roi, comme le petit Eumée, avaient des *nurses* phéniciennes. Car sur cette île Συρίη régnait Ktésios Orménidès, semblable aux immortels. Le petit Eumée était son fils et, pour garder ce polisson qui ne demandait déjà qu'à courir les rues,

1) M. Pappadopoulos, *Rev. arch.*, 1862, p. 224 ; *Pandora*, 1865, p. 121.

κερδαλέον δὴ τοῖον ἀματροχόωντα θύραζε,

Ktésios avait une *nurse* phénicienne :

παῖδα γὰρ ἀνδρὸς ἑῆος ἐνὶ μεγάροις ἀτιτάλλω,

dit elle-même cette grande et belle fille, aux doigts habiles,

καλή τε μεγάλη τε καὶ ἀγλαὰ ἔργα ἰδυῖα,

quand, après avoir fait le bonheur de son compatriote, sous la coque du vaisseau tiré à sec, elle lui raconte son histoire[1]. Si nous voulons mieux comprendre l'histoire de cette Phénicienne, il suffira de copier en regard une histoire toute pareille racontée quelque deux ou trois mille ans plus tard par le voyageur français Paul Lucas[2].

Au temps qu'il était corsaire (vers 1695), Paul Lucas enleva à l'entrée des Dardanelles un *sambiquin* (sorte de vaiseau) qui emmenait un aga turc à Mételin. Il y trouva tout le *harem* de l'aga, c'est-à-dire trois femmes et deux éphèbes, et les femmes criaient et pleuraient, sachant d'avance le sort des femmes à bord d'un corsaire. « J'ordonnai à un des matelots qui parlait turc de demander à ces femmes ce qu'elles avaient à pleurer. La plus jeune, qui n'était âgée que de seize à dix-sept ans, me dit en italien qu'elle était chrétienne : « Vous avez tort, lui dis-je, de pleurer puisque je vous ôte d'entre les mains des Turcs. — Il est vrai, seigneur, me répondit-elle, mais je suis entre les mains d'un corsaire. — Non, ma belle, ajoutai-je, les corsaires ne sont pas si méchants : consolez-vous »... Quand tout fut tranquille et que j'eus fait ranger les voiles, je demandai à la jeune esclave son pays et par quelle aventure elle était tombée aux mains des Turcs. Elle était de Malte, fille d'un médecin assez riche, nommé Lorenzo...

— J'ai l'honneur d'être de Sidon riche en cuivre, dit la Phénicienne de l'*Odyssée* ; je suis fille d'Arubas, qui jouit là-bas d'une belle opulence...

ἐκ μὲν Σιδῶνος πολυχάλκου εὔχομαι εἶναι,
κούρη δ' εἴμ' Ἀρύβαντος ἐγὼ ῥυδὸν ἀφνειοῖο[3].

On a voulu trouver une étymologie sémitique à ce nom Ἀρύβας

---

1) *Odyss.*, XV, v. 425 et suiv.
2) Paul Lucas, *Troisième voyage au Levant*, I, p. 13 et suiv.
3) *Odyss.*, XV, v. 425-426.

qui, en effet, ne semble pas grec et qui ne se retrouve qu'une autre fois dans les textes grecs, appliqué à un roi d'Épire. On l'a rapproché du nom ערב, *Oreb*, de la Bible[1]. Rien n'appuierait cette hypothèse et la transcription d'*Oreb* en Ἀρόαζς me semble impossible. Si l'on voulait une étymologie plus plausible, il faudrait chercher dans la racine ארבע, *arba'*, *quatre*, et peut-être dans le nombre ordinal. Chez tous les peuples les noms de nombres ont fourni des noms d'hommes, *Septimus, Secundus, Quintus*, et en hébreu, *Siba, Silsa*, etc. Mais je reconnais que cette hypothèse est, à l'heure actuelle, aussi gratuite que la précédente.

— Elle était, reprend Paul Lucas, fille du seigneur Lorenzo. Son père avait fait vœu d'aller à Notre-Dame de Lampadouze sur une île déshabitée à cent trente milles de Malte. Il embarqua avec lui sa femme et sa fille unique. Comme sa barque tournait une pointe de l'île della Lionosa, un brigantin turc s'en rendit maître. Les Turcs menèrent leur prise à Alger et vendirent le médecin, sa femme et sa fille à un marchand riche nommé Sidi Mahomet.

— Mais des pirates, dit la Sidonienne de l'*Odyssée*, des gens de Taphos m'enlevèrent un jour que nous revenions d'une partie de campagne, et ils me transportèrent ici où ils me vendirent un bon prix dans la maison de cet homme :

> ἀλλά μ' ἀνήρπαξαν Τάφιοι, ληίστορες ἄνδρες,
> ἀγρόθεν ἐρχομένην, πέρασαν δέ με δεῦρ' ἀγαγόντες
> τοῦ δ' ἀνδρὸς πρὸς δώμαθ', ὁ δ' ἄξιον ὦνον ἔδωκεν[2].

— Dans ce temps, reprend Paul Lucas, un aga du Grand Seigneur vint négocier quelque affaire avec le dey d'Alger. Par malheur pour la jeune fille, il logeait chez Mahomet et il la trouva trop belle à son gré...

— Καλή τε μεγάλη τε, dit l'*Odyssée*[3], une grande belle femme, ce qui, pour Homère et ses compatriotes, est le fruit rare. Habitués à leurs femmes un peu courtes et lourdes, plutôt qu'élan-

1) H. Lewy, *Die Semit. Fremdwörter*, p. 64.
2) *Odyss.*, XV, 418.
3) *Odyss.*, XV, 427.

cées, — telles qu'elles apparaissent encore dans les sculptures
du vᵉ siècle —, les Grecs appréciaient les longues et fines filles
d'Égypte et de Syrie : Xénophon après Kunaxa redoute pour
ses Dix Mille le choix qu'il faudra faire entre la patrie à retrouver
et les femmes, les grandes et belles femmes levantines, à quitter,
καλαῖς καὶ μεγάλαις γυναιξὶ καὶ παρθένοις ὁμιλεῖν[1].

— L'aga, reprend Paul Lucas, dit à Mahomet : « Je veux que tu
me vendes cette esclave. J'ai ordre du Grand Seigneur d'acheter
pour son sérail toutes celles qui lui ressemblent. » Le temps de
partir arrivé. L'aga s'embarqua avec l'esclave sur un bâtiment
français qui le mena à Constantinople. Mal reçu à son arrivée,
il fut renvoyé à Mételin où il était gouverneur d'une forteresse.
Ils s'embarquèrent dans ce bâtiment que je venais de prendre et
qui appartenait à de pauvres chrétiens à qui je le rendis.

Paul Lucas sauva la belle Maltaise, et il en fut récompensé,
de la même façon à peu près que le corsaire phénicien fut récompensé par la belle Sidonienne, εὐνῇ καὶ φιλότητι. Car l'ayant ren-
voyée à Malte, il la retrouva chez ses parents à un autre passage,
et le seigneur Lorenzo le reçut magnifiquement : grand festin,
le père à sa droite, la fille à sa gauche, la mère en face; concert;
bal; enfin « on me mena dans une chambre où, malgré que j'en
eus, le père et la mère voulurent me voir coucher. Je n'eus pas
éteint la lampe qu'insensiblement le sommeil me fit voir en rêve
qu'une belle personne me caressait. L'émotion me fit réveiller
en sursaut et rien ne me surprit davantage que de sentir une
joue contre la mienne et la voix de la belle esclave me dire :
C'est moi, *cor mio*, ne craignez rien. Pour me tirer de l'étonne-
ment où j'étais de sa visite, elle ajouta que, comme elle savait
le peu de temps que je devais rester à Malte, elle ne voulait pas
perdre l'occasion de m'entretenir. Nous causâmes ainsi jusqu'à
la pointe du jour, qu'elle se retira. »

⁎

L'Archipel de Paul Lucas et celui de l'*Odyssée* sont semblables
en tous points. Les étrangers, francs ou phéniciens, y jouent le

1) Xénoph., *Anab.*, III, 2, 25.

même rôle, tour à tour ou en même temps corsaires et convoyeurs, pirates et marchands, bandits et galantes gens. Les indigènes n'ont pas grande confiance dans ces filous, — τρῶκται , dit Eumée, — et cependant ils ont recours à eux pour transporter leurs biens ou même leurs propres personnes, car ce sont d'habiles marins, — ναυσίκλυτοι, dit Eumée : — sur leurs bateaux on a moins peur du naufrage. L'aga turc de Paul Lucas prend une barque française pour rentrer d'Alger à Constantinople. Le même Paul Lucas[1] a connu à Constantinople « un Turc de qualité, qui se louait fort des bienfaits de notre nation; il s'appelait Iousouph-bey. Il avait été envoyé en Alger de la part du Grand Seigneur ; il s'était embarqué sur une barque française qui devait le mener à Tripoli de Barbarie et il avait eu soin de demander un passe-port à Monsieur l'Ambassadeur. Arrivé à Tripoli, il trouva un vaisseau turc; il se mit dessus pour continuer son voyage; mais une tempête le jeta sur les côtes de Sicile. Il fit un naufrage assez triste et l'on fit esclaves tous ceux qui se sauvèrent à la nage. Iousouph-bey avait sauvé son passeport. Il le montra aux magistrats. Aussitôt ils changèrent de conduite à son égard; on les habilla, lui et toute sa suite; on leur fournit avec honnêteté toutes les choses dont ils eurent besoin, et on lui donna un bâtiment qui le con-duisit en Alger. Lorsqu'il y voulut se rembarquer, on voulut lui donner un bâtiment du pays pour le reporter : mais il ne le jugea pas assez bon pour se mettre dessus, et l'honnêteté qu'il avait re-marqué chez les Français le détermina à les prendre pour les guides de son retour. Il entra dans un vaisseau qui revenait à Marseille. Il y fut comblé d'honneurs; mais ce qui augmenta sa bonne opi-nion pour la nation française, ce fut le bon accueil qu'on lui fit dans toute la ville et, surtout, le soin que l'on prit de faire ses provisions pour le voyage de Constantinople. »

Remplaçons dans ces récits Alger par Égypte, et Marseille par Sidon, et nous comprendrons mieux les histoires d'Ulysse, l'*aga* d'Ithaque[2] : « L'idée nous prit d'aller en Égypte. Nous arrivons et

1) *Second voyage au Levant*, p. 43.
2) *Odyss.*, XIV, v. 245 et suiv.

nous jetons l'ancre dans le fleuve. Mes compagnons débarquent, pillent les moissons, enlèvent les femmes, tuent les hommes et les enfants. Les Égyptiens accourent, avec leur roi sur son char de guerre, et massacrent notre troupe. Je dépose les armes et le roi me sauve. Je reste là *sept* ans et je fais fortune ; car les Égyptiens me comblent de cadeaux. Survient un Phénicien, un filou, τρώκτης, sachant tous les tours, ἀπατήλια εἰδὼς, et qui avait déjà dû rouler bien des gens. Il me décide à passer en Phénicie, j'y reste un an. Puis il me charge sur son bateau pour la Libye ; nous devions commercer à part égale : il avait quelque intention de me vendre là-bas à beaux deniers comptants ; je m'en doutais ; mais que faire? je m'embarquai et jusqu'en Crète tout alla bien. Mais alors une tempête causa notre naufrage. Jeté sur les côtes des Thesprotes, j'y fus accueilli et habillé par le roi, qui me confia et me recommanda à un navire thesprote ; mais, à peine en mer, l'équipage, qui avait l'intention de me vendre, me dépouille de mes habits neufs, me jette ces haillons et, le soir, quand nous arrivons sur la côte d'Ithaque, ils m'attachent au mât pendant qu'ils débarquent pour souper. Je parviens alors à me délier et je m'enfuis. »

Dans leur Archipel, les corsaires francs avaient des îles où ils déposaient leurs prises. Ils y relâchaient de longs mois. Ils y menaient, grâce aux vins et aux femmes du pays, la vie qu'on peut imaginer : « L'Argentière était leur rendez-vous et ils y dépensaient en débauches horribles ce qu'ils venaient de piller sur les Turcs : les dames en profitaient. Elles ne sont ni des plus cruelles ni des plus mal faites ; tout le commerce de cette île roule sur cette espèce de galanterie sans délicatesse, qui ne convient qu'à des matelots ; les femmes n'y travaillent qu'à des bas de coton et à faire l'amour [1]. » Nous connaissons, d'après l'*Odyssée*, ces bonnes tricoteuses, pas mal faites, et cette galanterie en plein air, sans délicatesse.

« Milo, reprend Tournefort [2], abondait en toutes sortes de biens

1) Tournefort, I, p. 171.
2) Tournefort, I, 179.

dans le temps que les corsaires français tenaient la mer. Ils ame-
naient leurs prises en cette île, comme à la grande foire de l'Archipel; les marchandises s'y donnaient à bon marché; les bour-
geois les revendaient à profit et les équipages consommaient les
denrées du pays. Les dames y trouvaient aussi leurs avantages;
elles ne sont pas moins coquettes que celles de l'Argentière... »

Ce dernier passage nous expliquerait, mieux encore que nous
ne l'avons fait, la description de la Συρίη homérique. Cette île où
tout abonde, surtout les provisions, viandes, vins, farines, doit
sa prospérité passagère aux corsaires de Sidon, qui s'y donnent
rendez-vous et en font la foire de l'Archipel. On pourrait long-
.emps encore continuer ce parallèle. Mais je crois que déjà une
conclusion s'impose : le récit homérique dépeint un état de choses
qui a réellement existé, dans une île parfaitement connue de
nous. La part de légende est extrêmement faible, et nous pouvons reconstituer cette époque historique dans ses moindres détails, par l'*Odyssée* elle-même et par l'exemple d'une autre période
de l'histoire levantine : de 1600 à 1730 environ, les mêmes phé-
nomènes se sont reproduits.

*
* *

La période franque n'est, en effet, qu'une répétition de la période
phénicienne, toutes différences gardées. De même que les Francs,
les Phéniciens ont bien été, comme nous le disait Thucydide,
maîtres de l'Archipel et de beaucoup d'autres mers : ils sont
venus, ils se sont établis dans ces îles pour un commerce que
nous apprendrons à connaître en poursuivant cette étude
détaillée du poème homérique. Car il suffit d'être « plus homérique », ὁμηρικώτερος, pour trouver à chaque pas dans cette civilisation primitive la trace des influences phéniciennes. La méthode des doublets, dont j'ai donné quelques exemples, mène à
des résultats certains, parfois inattendus, mais qui depuis longtemps auraient été entrevus, si le grand Bochart et ses successeurs
avaient mieux pris garde. Ces doublets remontent sûrement à la
période homérique. L'*Iliade* et l'*Odyssée* emploient plus volontiers
les noms grecs, Αἴπεια, Κυπάρισσος, que les appellations sémitiques,

Θουρία, Ἄμβρυσος. Mais il n'en faudrait pas conclure que ces noms grecs sont antérieurs aux appellations sémitiques, qu'ils en sont les originaux, et que les Phéniciens, venus beaucoup plus tard, les ont traduits. D'après l'*Odyssée* elle-même, il semblerait plutôt que les Grecs ont traduit parfois le nom phénicien sans bien le comprendre : telle légende odysséenne me paraît être venue précisément de l'une de ces traductions très exactes et pourtant incomprises.

Tout au fond de la mer Occidentale, les Phéniciens avaient découvert et exploité un pays merveilleux, un *eldorado* couvert de mines : plomb, cuivre, argent, tous les métaux s'y trouvaient en abondance. Ils l'avaient appelé l'*Ile des Trésors* ou *des Secrets* ou *des Mines* : Ἰ-σπανία, répétèrent les Grecs[1]. Ce nom est formé de deux mots sémitiques, comme tel autre que nous avons déjà rencontré : אי, *i* ou *aï*, qui signifie *île*, et un déterminatif tiré de la racine, צפן, *sapan*, qui signifie *creuser, enterrer, cacher sous terre*. « L'Espagne n'est pas seulement une terre de richesses, disait Posidonios ; c'est le trésor de la nature, un coffre-fort inépuisable, un *souterrain* de richesses, Θησαυρὸς φύσεως ἢ ταμιεῖον ἀνέκλειπτον· οὐ γὰρ πλουσία μόνον ἀλλὰ καὶ ὑπόπλουτος »[2]. C'est l'idée que les Phéniciens ont rendue par le nom même de *I-spania*. Or la traduction exacte de צפן serait en grec καλύπτω. On sait comment, aux extrémités de la mer Occidentale, Ulysse est retenu *sept* ans, dans une île mystérieuse au bord de l'Océan, chez une nymphe, fille de cet Atlas qui soutient les deux colonnes lointaines ; c'est là, près de ces colonnes qui écartent le ciel de la terre,

ἔχει δὲ κίονας αὐτὸς
μακρὰς, αἳ γαῖάν τε καὶ οὐρανὸν ἀμφὶς ἔχουσιν[3],

que se trouve l'*Ile* de Καλύψω. Cette nymphe habite sous terre, dans les cavernes profondes, ἐν σπέσσι γλαφυροῖσι... A sa mode ordinaire, le Grec a imaginé cette personnification divine à seule fin d'expliquer un mot qu'il ne comprenait pas. Pour le Phénicien, en

---

1) Cf. H. Lewy, *Die Semit. Fremdwörter*, p. 146.
2) *Odyss.*, I, v. 40 sqq.
3) Strab., III, p. 147.

effet, comme pour l'Hébreu, la racine צפן s'applique aux trésors cachés, enfouis dans le sein de la terre, et comme cette opération d'avare est familière aux Sémites, la racine avait fourni un dérivé de la forme צפון *sapoun*, qui signifiait *le caché*, c'est-à-dire *le trésor*[1]. Le καλύπτω des Grecs ne se prêtait pas sans doute à une pareille extension de sens : l'Hellène n'enfouit pas son or; il l'étale; il n'aime la richesse que pour éblouir le voisin... Une nymphe Καλύψω servit à tout expliquer, clairement et pieusement, ὁσίως καὶ φιλοσόφως.

Ce nouveau doublet gréco-sémitique complète la liste que nous avons dressée jusqu'ici :

Κάσος-Ἄχνη	Σάμος-Ὕψος
Ῥήνεια-Κελάδουσσα	Σάμη-Κεφαλληνία
Ἴμβρασος-Κυπαρισσία	Μεροπία-Ἄκις
Ἄμφρυσος-Κυπάρισσος	Πάξος-Πλάτεια
Θουρία-Αἴπεια	Σόλοι-Αἴπεια
Θούριον-Ὀρθόπαγος	*I-spania*-Νῆσος Καλυψοῦς
I-nosim-Νῆσος Ἱεράκων	

La suite du récit d'Eumée va nous conduire à des résultats de même nature par des doublets de même forme.

La présence des Phéniciens dans l'Égée primitive et la réalité des récits homériques à leur sujet nous est apparue indiscutable, grâce à l'étude surtout de ces doublets gréco-phéniciens que nous retrouvons dans l'Archipel hellénique et dans toute la Méditerranée. Mais ce ne sont pas seulement les noms de lieux qui peuvent nous faire suivre à la trace cette thalassocratie sidonienne. L'examen attentivement poursuivi et « plus homérique » des vers de l'*Odyssée* peut nous apprendre encore bien des choses sur le séjour, la vie quotidienne, le commerce, les importations et les exportations de ces trafiquants phéniciens, sur les idées, les mots, les coutumes, les légendes, les instruments, les

---

1) *Ezéch.*, VII, 22; *Hi.* XX, 26, etc.

produits et les industries que leurs clients de la Grèce primitive reçurent par leur intermédiaire de l'Orient sémitique ou égyptien. Pour cette étude encore, c'est toujours la période moderne, presque contemporaine, de l'histoire levantine qui doit nous fournir les termes de comparaison. C'est par Tournefort, Lucas, Olivier et les autres voyageurs francs des xvii⁰ et xviii⁰ siècles, c'est aussi par les *Instructions nautiques* de nos marines actuelles, que nous saisirons plus complètement le sens et la réalité des récits homériques : la période franque nous donne, vers par vers, le commentaire historique de la vieille épopée.

En reprenant donc le récit d'Eumée (*Odyss.*, XV, v. 425 et suiv.), examinons les conditions et les habitudes de ce commerce levantin. Les Phéniciens, comme les Francs du xvii⁰ siècle, viennent chercher dans l'Archipel des matières premières en échange de leurs produits manufacturés. Ce sont avant tout des produits agricoles, huiles, vins, céréales et viandes, que les uns et les autres trouvent à charger dans les îles :

$$\text{ἐν νηὶ γλαφυρῇ βίοτον πολὺν ἐμπολόωντο⁴,}$$

dit Eumée : βίοτον correspond exactement à nos mots *viandes* ou *vivres*, et ce sont des vivres en effet que fournissent surtout les îles de l'Archipel. « Bien qu'il n'y ait point à Naxos de port propre à y attirer un grand commerce, dit Tournefort, on ne laisse pas d'y faire un trafic considérable en orge, vins, figues, coton, soie, lin, fromage, sel, bœufs, moutons, mulets et huile ; le bois et le charbon, marchandises très rares dans les autres îles, sont en abondance dans celle-ci...² L'île d'Amorgos est bien cultivée ; elle produit assez d'huile pour ses habitants et plus de vins et de grains qu'ils n'en sauraient consommer ; cette fertilité y attire quelques tartanes de Provence³... Il y a encore assez de vin à Sikinos pour mériter son ancien nom de Οἰνόη,

---

1) *Odyss.*, XV, v. 456.
2) Tournefort, I, p. 255.
3) Tournefort, p. I, 278.

beaucoup de figues et, quoique élevée en montagnes, l'île nous parut bien cultivée; le froment qu'on y recueille passe pour le meilleur de l'Archipel; les Provençaux ne le laissent pas échapper; ils écumèrent tous les grains du pays en 1700 et ils seront obligés de continuer si l'on ne rétablit le commerce du cap Nègre. Ce n'est pas sans peine pourtant qu'on charge des grains au Levant; on ne trouve souvent qu'une partie de la cargaison dans une île; il faut alors courir à une autre île et se contenter quelquefois de charger moitié froment et moitié orge... »[1].

On pourrait trouver des citations analogues pour .toutes les îles de l'Archipel et mettre sous chaque mot de l'*Odyssée* un passage de Tournefort. Mais la dernière remarque au sujet de Sikinos mérite toute notre attention. Tournefort nous donne ici l'une des conditions fondamentales de tout commerce étranger ans cette mer semée.d'îles et d'îlots. Ces îles sont petites, encombrées de montagnes, morcelées en plainettes, en champs minuscules, en jardinets de froment, d'orge ou d'oliviers. Chacune ne peut donc fournir aux navires étrangers qu'une moitié ou un quart de leur chargement. Seules les plus grandes, Samos, Chios, Lesbos ou Rhodes, fournissent tout un bateau de laine et plusieurs bateaux de vins ou de grains[2]. Le commerce étranger, pour remplir les cales de ses navires, est donc obligé de caboter d'île en île et de récolter de ci de là une partie de sa cargaison; ou bien il doit attendre en un port central les arrivages des îles voisines et séjourner en ce port tant que les barques des indigènes n'ont pas rempli ses cales. L'une ou l'autre de ces alternatives a toujours été dans l'Archipel ancien et moderne la règle des thalassocraties successives.

Au temps de Tournefort, on employait plus volontiers le second de ces moyens. On venait à Mycono ou à Milo charger les grains, les huiles, les vins et les soies, toutes les marchandises de l'Archipel : Mycono ou Milos était l'entrepôt général des indigènes et les étrangers y trouvaient des chargements complets. Ce pro-

1) Tournefort, I, p. 302.
2) Tournefort, II, p. 112.

cédé était à coup sûr le moins dangereux et le plus économique, en ces jours où la mer était pleine de périls et où le temps n'avait pas grand prix. Car le dénûment de ports de la plupart des îles[1], et la présence des corsaires à tous les détroits, et les coups de vent, et la tyrannie des agas turcs, et les exigences des primats indigènes rendaient périlleux et coûteux le cabotage d'île en île. Mais pour attendre ainsi, il faut avoir beaucoup de temps à perdre et s'armer de patience : l'entrepôt n'est pas toujours plein ; les arrivages des îles voisines sont rares, et lents, et peu considérables. Par crainte des pirates, ou faute d'expérience et de bateaux, les indigènes naviguent peu, et leurs barques plates, qui chavirent au moindre coup de vent, ne transportent que peu de marchandises. « On est sujet à ces alarmes dans l'Archipel, où l'on ne saurait passer d'une île à l'autre que dans des bateaux à deux ou à quatre rames qui ne vont que dans la bonace ou par un vent favorable ; ce serait encore pis si l'on se servait de gros bâtiments ; à la vérité, on serait à couvert des bandits dans une tartane ; mais on perdrait tout le temps à soupirer après les vents[2]. » Aussi pour peu que l'on fût pressé et que la saison ne fût pas trop avancée, de façon à permettre encore le retour, pour peu aussi que le temps fût bon et l'équipage bien armé, le capitaine franc préférait encore les risques du cabotage d'île en île aux ennuis et aux retards de cette longue attente. D'île en île, de port en port, il s'en allait remplir sa cale, au hasard de la rencontre, en prenant à Naxos des fruits, à Tinos du blé ou de l'orge, à Santorin du vin, à Ios des figues ou des peaux. Il se faisait ainsi un chargement composite, mais rapide.

Aujourd'hui notre commerce est revenu à l'autre système,

1) Naxos, Tinos et Andros, les plus grandes et les plus fertiles des Cyclades, n'ont pas de ports, partant pas de bateaux. Cf. Choiseul-Gouffier, I, p. 66 : « L'heureuse situation de Naxos lui assure encore une espèce de liberté au sein de l'oppression, et la nature, prodigue envers les habitants, semble avoir voulu interposer une barrière entre eux et la tyrannie : nul vaisseau n'y peut aborder . De simples bateaux suffisent à porter aux îles voisines le superflu des richesses dont abonde celle de Naxia. »

2) Tournefort, I, p. 300-301.

et Syra lui sert d'entrepôt central : « Sa position centrale en fait
le marché de l'Archipel et son port est un port de chargement pour
les bâtiments, surtout pour les vapeurs[1]. » Mais ce système n'a
pu prévaloir que grâce à un aménagement très complet du port
de Syra et même de tout l'Archipel : pour que nos vapeurs ne
perdent plus leur temps à attendre les cargaisons, il faut d'avance
que ces cargaisons soient amenées de tout le marché insulaire et
grec et asiatique, préparées, empilées dans des magasins que
remplissent lentement les arrivages des îles voisines et que le
chargement du vapeur vide d'un seul coup. En l'absence de ces
magasins, nos grands vaisseaux, pour remplir leur flanc creux, ἐν
νηὶ γλαφυρῇ, avec les miettes apportées de temps en temps par les
barques indigènes; nos vaisseaux devraient stationner des mois
et des mois. Dans l'Archipel de l'*Odyssée*, ces magasins n'existent
pas. Aussi les Phéniciens doivent rester une année entière au
port de Syria avant de compléter leur chargement,

οἱ δ' ἐνιαυτὸν ἄπαντα παρ' ἡμῖν αὖθι μένοντες[2].

Ces navigations odysséennes nous étonnent un peu par la len-
teur de leurs trajets, par la longueur de leurs relâches : on les
compte volontiers par dizaines de jours, de mois et même d'années, et, quand les Grecs demeurent dix ans sous les murs de
Troie, quand Ulysse dix années erre de Circès en Calypsos, nous
ne sommes que trop disposés à voir là une fable poétique,
une exagération toute verbale. Mais qu'on relise, en regard de
l'*Odyssée*, nos voyageurs des derniers siècles et que l'on fasse
ensuite la comparaison. Cette navigation voilière, qui va de cap
en cap, était assez rapide par vent favorable, désespérément
lente par le calme; quand survenait le mauvais temps, il fallait rester des jours et des semaines derrière le premier abri.
Tournefort veut passer de Samos à la côte asiatique; le trajet
est de quelques milles : « Le 24 février, malgré le mauvais

---

1) *Instruct. naut.*, p. 182.
2) *Odyss.*, XV, 455.

temps, nous nous retirâmes à Vati, dans le dessein de nous embarquer pour Scalanova et de passer à Smyrne : mais les pluies continuelles et les vents contraires nous arrêtèrent jusqu'à la mi-mars [1]... »

Ulysse a dû séjourner de même tout un mois dans l'île d'Éole, vingt jours sur l'île de Pharos, où l'on mourait de faim, un autre mois dans l'île du Soleil : « le Notos ne mollissait pas, et bientôt ses vivres s'épuisèrent; il fallut manger ce qui tomba sous la main, poissons et oiseaux de mer que l'on pêchait et chassait dans les trous de rocher », car on avait du moins des hameçons [2]. — « Le mauvais temps, dit Tournefort, nous retint à Stenosa, mauvais écueil sans habitants, où l'on ne trouve qu'une bergerie, retraite de cinq ou six pauvres gardiens de chèvres, que la peur de tomber entre les mains des corsaires oblige à s'enfuir dans les rochers à l'approche du moindre bateau. Nos provisions commençaient à manquer; nous fûmes réduits à faire du potage avec des limaçons de mer, car nous n'avions ni filets ni hameçons pour pêcher, et les bergers nous prenant pour des bandits n'osèrent descendre de leurs rochers [3]. »

On voit que l'histoire, mot pour mot, est la même et si les compagnons d'Ulysse, pressés par la faim, mangent les troupeaux du Soleil, le bétail sacré, les corsaires du xviie siècle n'ont guère plus de religion : « La mer était si grosse que nous dûmes séjourner trois jours sur le méchant écueil de Raclia. Les moines d'Amorgos, maîtres de Raclia, y font nourrir huit à neuf cents chèvres; deux pauvres caloyers en prennent soin; mais ils sont inquiétés à tous moments par les corsaires, qui n'y abordent souvent que pour prendre quelques chèvres : il n'y passe même pas de caïque, dont les matelots n'en volent quelqu'une; dans trois jours, les nôtres n'assommèrent que sept de ces animaux et, quoiqu'ils ne fussent que trois, ils les mangèrent jusqu'aux os. » Voilà quels sacrilèges sont dus à la tempête.

1) Tournefort, II, p. 135.
2) *Odyss.*, XII, v. 325 et suiv.
3) Tournefort, I, p. 270.

Mais le beau temps reparaît. On met à la voile. Une heure
après, au premier détour d'île ou de cap, un vent traversier ou un
grain subit obligent à une nouvelle relâche. « Nous partîmes de
Patmos par le plus beau temps du monde, dont il faut se défier
en cette saison, car c'est ordinairement le présage de la tempête.
Notre dessein était de passer à Icaria; le sud-est était si violent
qu'il nous fit relâcher à la petite île de Saint-Minas, où nous
fûmes trop heureux d'arriver sur le soir. Le lendemain le vent
fut encore plus frais... Une vieille barque française avait échoué
là depuis quelques mois... Notre peur redoubla à la vue de quelques citrons flottant sur l'eau qui vinrent nous annoncer qu'un
gros caïque avait échoué. Nous avions bu le jour précédent avec
cinq matelots qui le conduisaient et qui avaient été à Stanchio
charger de ces fruits. Ces matelots comptaient sur la bonté de
leur bâtiment qui était tout neuf; mais comme ils n'avaient pas
de boussole, non plus que nous, et que l'on ne voyait qu'obscu-
rément le cap de Samos, ils se brisèrent contre les rochers[1]... »

A une pareille navigation, avec de telles relâches et quelques
avaries, si l'on a encore la chance d'éviter les pirates, les mois
s'écoulent et la mauvaise saison survient. Il faut alors hiverner
trois ou quatre mois; ainsi fit Tournefort dans l'île de Mycono.
Car, pendant l'hiver, on ne saurait songer au voyage : « Tu veux
arriver sain et sauf, répond le devin de l'*Anthologie* au navigateur, commence par prendre un bateau neuf, puis ne lève pas
l'ancre en hiver mais en été; à ces deux conditions, tu arriveras
peut-être, si en pleine mer un pirate ne t'enlève pas,

$$\ldots\ \text{καινὴν ἔχε τὴν ναῦν,}$$
$$\text{καὶ μὴ χείμωνος, τοῦ δὲ θέρους ἀνάγου·}$$
$$\text{τοῦτο γὰρ ἂν ποίης, ἥξεις κακεῖσε καὶ ὧδε}$$
$$\text{ἂν μὴ πειρατὴς ἐν πελάγει σε λάβη[2].}$$

Toute marine étrangère naviguant à la voile dans l'Archipel a
donc des reposoirs et des relâches, où ses bateaux séjournent des

---

1) Tournefort, II, p. 148.
2) *Anthol.*, XI, 162.

journées et des semaines pendant l'été, des mois et des trimestres pendant l'hiver. On peut imaginer sans peine comment les Phéniciens sont demeurés une année tout entière, et même davantage, à leur relâche de Syria. Ils étaient arrivés sans doute avec quelques avaries, car l'*Odyssée* nous dit qu'ils avaient tiré leur vaisseau au fond de la rade, loin du port, à l'endroit où la source vient se jeter à la mer. Sur ce sol mou de vases, de sable et d'herbes, ils avaient sans doute radoubé la coque ou refait le bordage, puis ils avaient attendu le chargement. Par suite d'une mauvaise récolte ou faute d'arrivages des îles voisines, ils s'étaient attardés à compléter leur cargaison. La mauvaise saison était survenue : ils avaient hiverné. Puis, le chargement n'étant pas complet, ils avaient encore attendu la récolte suivante. Rien ne les pressait : ils campaient à terre, près du navire creux, dormaient, mangeaient et buvaient à leur contentement et ils s'en donnaient à cœur joie avec les grand'mères de ces bonnes tricoteuses que les Francs de Tournefort connaissent à Milo et à l'Argentière. Plus d'un homme à bord était aussi peu pressé de partir que ces matelots francs dont nous parlent les voyageurs des derniers siècles : « A l'Argentière ces marins trouvent aussi des plaisirs qui les retiennent trop longtemps dans la rade et leur font oublier leur devoir ainsi que l'intérêt de leurs armateurs [1]. » Chez Circé, Ulysse reste un an à manger, à boire et à oublier Pénélope ; au bout d'un an, ses compagnons lui demandent de partir, mais ne le décident qu'à grand'peine. C'est que pour tous ces navigateurs un an de séjour est chose commune : « Je suis resté un an en Phénicie, raconte Ulysse ; je resterais volontiers un an près de toi, dit Télémaque à Ménélas ; je serais tout disposé à demeurer un an chez vous, dit Ulysse aux Phéniciens [1]. » Semaine après semaine, nos Phéniciens sont donc restés plus d'une année à Syros.

---

1) A. Olivier, *Voyage dans l'Empire Othoman*, II, p. 196.

II

Je dis semaine après semaine, car, en vrais Sémites, ces Sidoniens comptent par semaine et ils ont appris aux indigènes grecs à compter ainsi : toutes les fois du moins, que les Phéniciens apparaisent dans les poèmes homériques ou dans les souvenirs et les légendes populaires de la Grèce, c'est toujours la semaine qui est le nombre courant, et six à sept est la locution habituelle :

> ἑξῆμαρ μὲν ὁμῶς πλέομεν νύκτας τε καὶ ἦμαρ,
> ἀλλ' ὅτε δὴ ἕβδομον ἦμαρ ἐπὶ Ζεὺς θῆκε Κρονίων[1],

poursuit Eumée, racontant son enlèvement par les Phéniciens : « Six jours, nous naviguons, jour et nuit, mais quand Zeus Kronion nous envoya le *septième* jour... » Ulysse, de même, dans son faux récit à Eumée raconte que, Crétois, il voulait aller en Égypte ; il a rassemblé une flotte de neuf vaisseaux et de nombreux compagnons ; avant de partir, il a consacré toute une semaine à des sacrifices et à des festins ; le *septième* jour il s'est embarqué :

> ἑξῆμαρ μὲν ἔπειτα ἐμοὶ ἐρίηρες ἑταῖροι
> δαίνυντ', αὐτὰρ ἐγὼν ἱερήια πολλὰ παρεῖχον
> θεοῖσίν τε ῥέξειν αὐτοῖσί τε δαῖτα πένεσθαι·
> ἑδδομάτῃ δ' ἀναβάντες ἀπὸ Κρήτης εὐρείης[2]...

puis il reste *sept* ans en Égypte et c'est la huitième année qu'un Phénicien l'a emmené

> ἔνθα μὲν ἑπτάετες μένον αὐτόθι ....[3].

C'est une semaine encore qu'Ulysse et ses compagnons passent en festins dans l'île du Soleil ; une semaine qu'il navigue vers le pays des Lestrygons[4] ; *sept* ans qu'il reste chez Calypso[5] et sept ans que consacre Ménélas à visiter Chypre, la Phénicie et toute la Méditerranée levantine[6].

1) *Odyss.*, XIV, v. 251 et suiv.
2) *Odyss.*, XIV, v. 285.
3) *Odyss.*, XII, v. 398 : X, v. 80.
4) *Odyss.*, VIII, v. 259.
5) *Odyss.*, IV, v. 82.
6) *Odyss.*, XV, v. 476-477,

Ce nombre sept ne revient pas aussi souvent par un simple caprice du poète ou pour la commodité du vers : πέντε donnerait les mêmes syllabes que ἕπτα. D'ailleurs si l'on n'admet pas l'usage de la semaine, il est des passages et des légendes de l'*Odyssée* qui sont impossibles à comprendre[1]. De même en effet que la légende rhodienne connaissait les *sept* Héliades, fils du Soleil, de même l'*Odyssée* nous parle des *sept* troupeaux de bœufs et des *sept* troupeaux de brebis, de cinquante têtes chacun (dans le *Lévitique* cinquante est aussi le nombre rituel, le nombre parfait, $7 \times 7 = 49$), que dans l'île du Soleil gardent les deux nymphes Phaéthousa et Lampétie, filles d'Hélios et de la divine Néaira,

> νύμφαι εὐπλόκαμοι Φαέθουσά τε Λαμπετίη τε,
> ἅς τέκεν Ἡελίῳ Ὑπερίονι δῖα Νέαιρα[2].

Cette île du Soleil rentre dans la série des terres merveilleuses, îles de Calypso, de Circé, des Phéaciens, etc., qui semblent purement légendaires tant que l'on ne cherche une explication que dans les étymologies grecques. Mais l'exemple de Ἰσπανία-Καλύψω est là pour nous montrer que ces eldorados deviennent des réalités tangibles si l'on y cherche les souvenirs d'une Méditerranée préhellénique : Καλύψω nous est apparue comme la traduction exacte de Ἰ-σπανία. Je crois que cette légende du Soleil et de son île nous conduirait de même à une étymologie sémitique et à un nouveau doublet gréco-phénicien.

La divine Néaira, nous dit l'*Odyssée*, est l'épouse du Soleil : Νέαιρα ne présente en grec aucun sens. Les grammairiens en ont proposé une explication par νέος, qui me paraît tout à fait insuffisante. Dans toutes les langues sémitiques, au contraire, les racines נור *nour*, ou נהר, *near*, signifient *briller*, *éclairer* : en hébreu le mot נהרה, *neara*, en arabe *naarou*, signifient la *lumière du jour*, *le jour*. Le grec Νέαιρα serait l'exacte transcription de נהרה *neara*; car nous avons vu, à propos de Ῥήνεια ou Ῥήναια, que ει ou αι rendaient exactement le ה qui est ici la seconde consonne.

---

1) *Odyss.*, X, v. 467; XIV, v. 292; XV, v. 230; IV, v. 595; IX, v. 356.
2) *Odyss.*, v. 133-134.

L'onomastique hébraïque nous fournit d'autre part נריה *Neriah*, et נריהו *Neriahou*, noms théophores, composés de *ner, lumière*, et du nom divin raccourci; de même l'onomastique palmyrénienne a des Νουρβῆλος, évidemment composés de la même façon, *nour* et *baal*. Le féminin בעלת־נהרה, *Baalat Neara, dea lucis*, nous donnerait exactement la δῖα Νέαιρα de l'*Odyssée*. Et nous avons dans les vers eux-mêmes d'Homère le doublet gréco-sémitique qui va nous assurer de cette étymologie : si la racine נהר, *near*, signifie *éclairer, briller*, on comprend que dans la légende homérique Νέαιρα ait pour filles les deux nymphes Φαέθουσα et Λαμπετίη, la *Brillante* et l'*Éclairante*.

Si donc l'on peut avoir quelque confiance en cette méthode des doublets, je crois à l'origine sémitique de cette légende odysséenne, et les *sept* troupeaux de bœufs et les *sept* troupeaux de brebis, comme les *sept* fils et les *sept* filles du Soleil à Rhodes, ne sont que le symbole légendaire des sept jours et des sept nuits de la semaine. Dion Cassius, à propos des Juifs et de leur sabat, nous dit que la semaine n'a été introduite à Rome que de son temps, ou peu s'en faut, et que les anciens Grecs ne l'ont jamais connue[1]. Les Grecs en effet, aux temps historiques, ne divisaient pas leurs mois en semaines, mais en décades. Si donc aux temps homériques il n'en est pas ainsi, c'est peut-être que la civilisation homérique n'est pas entièrement grecque, mais qu'elle est mélangée de coutumes indigènes et de modes exotiques. Le phénomène en ce cas n'aurait plus rien de surprenant. Car si, dans l'Archipel primitif, les Phéniciens ont réellement navigué et séjourné durant des mois et des années, nous pouvons entrevoir une conséquence immédiate de leur séjour par l'histoire toute pareille de l'Archipel franc. Aux xviiᵉ et xviiiᵉ siècles, les marins occidentaux, de chrétienté latine, imposèrent aux insulaires de chrétienté orthodoxe leurs fêtes et leur calendrier avec leurs marchandises; ils importèrent aux îles des Jésuites et des moines

---

1) Dion Cassius, XXXVII, 17 : τὸ δὲ δὴ ἐς τοὺς ἀστέρας τοὺς ἑπτὰ τοὺς πλανήτας ὠνομασμένους τὰς ἡμέρας ἀνακεῖσθαι κατέστη μὲν ὑπὸ Αἰγυπτίων, πάρεστι δὲ καὶ ἐπὶ πάντας ἀνθρώπους οὐ πάλαι ποτὲ ὡς λόγῳ εἰπεῖν ἀρξάμενον · οἱ γοῦν ἀρχαῖοι Ἕλληνες οὐδαμῆ αὐτό, ὅσα γε ἐμὲ εἰδέναι, ἠπίσταντο.

en même temps que des tissus et des armes. Un peuple ne voyage
jamais sans sa religion : l'Anglais transporte encore sa Bible,
l'Arabe son tapis de prières, le Russe ses icônes et l'Espagnol
son Capucin. Grâce aux Francs, les insulaires orthodoxes de
de l'Archipel connurent donc le calendrier latin, et ils durent
l'adopter pour leurs relations commerciales avec les marins catholiques, ce qui ne les empêchait pas de garder pour leur vie
quotidienne et de suivre pour leurs relations entre eux le calendrier orthodoxe. Il semble que dans les poèmes homériques nous
ayons de même deux calendriers en présence, ou deux systèmes
de mensuration du temps et de numération des marchandises.
Nous voyons sans cesse, parfois d'un vers à l'autre, alterner le
système décimal, qui doit être grec, avec le système par six ou
sept, que je crois étranger.

Que l'on me permette d'insister un peu longuement sur cette
double numération : le phénomène ne me semble pas fortuit et, si
réellement il est constant, nous avons sûrement là un indice
capital. Je crois qu'il va servir à corroborer notre méthode des
doublets.

* *

· Ménélas et Ulysse restent *sept* ans en Égypte ; mais c'est *dix*
ans qu'ils restent au siège de Troie et *dix* ans qu'ils mettent à
rentrer chez eux. Dans l'île du Soleil, aux *sept* troupeaux de *cinquante* bœufs, les compagnons d'Ulysse font *six* jours la fête et
partent le *septième*, puis ils naviguent *neuf* jours et, le *dixième*,
arrivent chez Calypso, où il reste *sept* ans et d'où il met *dix-
sept* jours à revenir. Maron d'Ismaros donne à Ulysse *sept*
talents et *douze* amphores qui tiennent chacune vingt *mesures*.
Ulysse conte ailleurs les merveilleux présents d'amitié faits par
lui, dit-il, à un hôte : *sept* talents, *douze* manteaux, *douze* tapis,
douze voiles, *douze chitons*, *douze phares* et des femmes. Télémaque charge comme provisions *douze* outres de vin et *vingt*
mesures de farine[1]. On voit l'alternance constante de ces deux

1) *Odyss.*, IX, v. 202 ; XXIV, v. 274 ; XII, v. 129 ; V, v. 278 ; VII, v. 257
XXIV, v. 263 ; II, v. 353-355.

systèmes. Je sais bien que cette même alternance se retrouve encore dans notre vie populaire, sans que nous puissions en expliquer au juste la présence : nos ménagères comptent les œufs et les mouchoirs par douzaines, tout en les payant en monnaie décimale ; nous serions fort embarrassés d'expliquer l'origine de cette contradiction. Mais dans l'*Odyssée*, il me semble que certains faits doivent nous mettre en éveil. Il semble que le système par cinq et par dix soit vraiment le système grec, puisque ἀριθμέω, *compter*, a pour synonyme, πεμπάζομαι, *mettre par cinq* :

φώκας μὲν τοι πρῶτον ἀριθμήσει καὶ ἔπεισιν·
αὐτὰρ ἐπὴν πάσας πεμπάσσεται ἠδὲ ἴδηται ...[1]

Le chiffre *sept* et la numération par six apparaissent au contraire toutes les fois qu'apparaissent les Phéniciens, toutes les fois aussi que dans le contexte nous trouvons un mot, une légende, une théorie qui semblent d'origine phénicienne. C'est avec les Phéniciens qu'Eumée navigue six jours et perd sa nourrice le septième; car, au septième jour envoyé par Zeus, elle tomba dans la cale comme une mouette marine, ὡς ἐναλίη κήξ, (retenons ce dernier mot ; nous allons le retrouver accouplé encore au chiffre sept). C'est chez les Phéniciens ou dans leurs parages que Ménélas demeure sept ans. C'est dans les îles légendaires pour les Grecs, réelles pour les Sémites, de Kalypso-Ispania et de Néaira-Phaéthousa, qu'Ulysse passe sept années ou connaît les sept troupeaux du Soleil. De même, si nous nous reportons au doublet gréco-sémitique de Αἴπεια-Θουρία, dont nous parlait l'*Iliade*, dans ce pays se trouvent les sept villes qu'Agamemnon promet de donner à Achille avec sept Lesbiennes et vingt Troyennes, dix talents et sept chaudrons, vingt casseroles et douze chevaux[2] ; quelques vers plus haut, il était question des sept bataillons de Cent-Gardes,

ἕπτ' ἔσαν ἡγέμονες φυλάκων, ἑκατὸν δε ἑκάστῳ,

et c'est de ce même pays que Philoctète a amené sept bateaux de

1) *Odyss.*, X, v. 411-412.
2) *Iliad.*, IX, v. 85-160; II, v. 719.

cinquante guerriers. Ces sept villes maritimes, πᾶσαι δ' ἐγγὺς ἁλός, reportent forcément le souvenir à telle vieille amphyctionie maritime, aux sept villes groupées autour du sanctuaire de Ca- laurie et du culte de Poseidon. La Grèce historique discutait le nom des titulaires de cette amphictyonie, car certains ports avaient perdu toute clientèle, qui jadis avaient fait un grand com- merce (Marathon, Brasiai, etc.). Mais on savait que ces titu- laires étaient au nombre de sept et nous verrons que les noms de certains sont sûrement sémitiques[1].

Autre exemple : Andromaque, fille du roi des Ciliciens, a sept frères. Ce nom même de Ciliciens est toujours accouplé par la tradition et la légende à celui de Phéniciens : Kilix est frère de Kadmos et de Phoinix. Ces Ciliciens de l'*Iliade* habitent sur les bords de l'Archipel, dans le golfe de l'Ida. Leur ville porte le même nom de Θήβη que la ville de Kadmos; leur fleuve est la rivière des *Sept-Gués*, Ἑπτάπορος, que l'on appelle aussi Πολύπορος[2], ce qui montre bien l'allure légendaire et rituelle de ce nombre *sept*. Ce golfe de l'Ida, entre la côte asiatique et le double canal de Lesbos, porte aujourd'hui le nom de golfe d'Edremid, adapta- tion turque du vieux nom de Ἀδραμύττιον. Or Olshausen a reconnu depuis longtemps[3] la forme sémitique de ces noms Ἀτραμῖται ou Ἀδραμῦται, Ἀτραμύτιον ou Ἀδραμύτιον, Ἀδρύμητος ou Ἀδρούμητος, qui se rencontrent dans la mer Arabique et dans toute la Méditerra- née : l'onomastique arabe nous en offre encore aujourd'hui l'original dans l'appellation de *Hadramaut*. Les Latins transcri- virent ce dernier mot sous la forme *Atramitae*, et les Grecs sous la forme Χατραμωτῖται. Ces diverses transcriptions se justifient sans peine. Ce nom sémitique est l'union, en effet, des deux mots חצר et מות : la Bible nous les donne sous la forme חצרמות avec la vocalisation moderne *haḍarmaouet*. La lettre initiale est l'aspira- tion forte ח *het*, dont les Grecs firent la voyelle η après l'avoir employée longtemps dans leurs inscriptions archaïques comme

---

1) Strab., VIII, p. 374.
2) *Iliad.*, XII, v. 20 ; Strab., XIII, p. 602.
3) *Rheinisches Museum*, VIII (1853), p. 320 et suiv.

signe de l'aspiration. Quand ils avaient à rendre cette lettre pour
la transcription des mots sémitiques, tantôt ils la rendaient par
l'esprit rude et tantôt par le χ, d'où les deux formes Ἀδρύμητος (Ha-
drumetum, disent les Romains) et Χατραμίς, Χατραμῶτις. Mais souvent aussi ils la supprimaient purement et simplement et se con-
tentaient de l'aspiration très légère, de l'esprit doux, d'où la forme
Ἀδραμύττιον. L'orthographe arabe nous explique peut-être pour-
quoi c'est cette dernière combinaison qui a prévalu, Ἀδραμύττιον,
Ἀτραμύττιον, Ἀτραμῦται, etc. Cette aspiration du ה initial devait en
effet varier d'intensité suivant les mots. Pour la noter plus exactement, les Arabes dans leur alphabet ont dédoublé le *het*
hébraïque en deux *ha* : l'un pointé en dessous, *ḥa*, marque l'aspiration rude et gutturale; l'autre est une aspiration plus douce,
presque inaccessible à nos gosiers et à notre oreille. Dans le
nom arabe de *Hadramaout*, c'est cette seconde aspiration douce,
ce *ha* non pointé, que nous retrouvons. Il n'est donc pas étrange
que les Grecs ne l'aient pas transcrite. — La seconde consonne est
cette dentale sifflante, le צ, le *tsadé*, que les Arabes décomposè-
rent aussi en deux lettres, une dentale et une sifflante, le *ḍad*
et le *ṣad*. C'est le *ḍad* que nous trouvons ici : d'où la transcription
en δ ou en τ; nous avons déjà vu, à propos du mot ציר, *Sor*,
Σῦρος, Τύρος, que le צ donne en grec tantôt une dentale et tantôt
une sifflante. — Pour les autres consonnes ר, מ, ו, ה, la transcription en ρ, μ, υ ou ου, et τ va d'elle-même, et la vocalisation se
justifie à simple lecture : הצרמות, *Hadramaout*, Ἀδραμύττιον signifie
le Cercle ou *le Vestibule de la Mort*.

Dans l'onomastique arabe, ce nom est suffisamment expliqué
par le nom voisin de *Bab-el-Mandeb, la Porte du Gémissement* :
cette côte de l'Hadramaout, à l'entrée du grand océan Indien,
est à la porte des tempêtes, des cyclones, de la mer sans îles et
sans refuge, le vestibule de la mort. Mais dans l'Archipel, le
golfe d'Edremid est aussi le dernier vestibule avant l'entrée des
détroits qui mènent à la mer terrible, inhospitalière et ténébreuse
du Pont-Euxin. C'est là, sous l'abri de l'Ida, derrière le paravent
de Lesbos, que les voiliers montant aux Dardanelles et quittant le
canal de Chios, de Samos et de Rhodes, trouvent un dernier re-

fuge contre tous les vents. Comme les Dardanelles pour ces navires venant du sud sont infranchissables par le vent du nord un peu violent, comme ce mistral d'ailleurs est fréquent durant l'été, c'est-à-dire pendant la saison naviguante, et dure parfois plusieurs semaines, il s'ensuit que ce golfe d'Edremid est toujours plein de voiliers attendant une accalmie[1]. Les indigènes vivent de ces relâches des étrangers, en leur fournissant des vivres pour les équipages et surtout du bois pour leurs navires endommagés ; car cette côte montagneuse est couverte de chênes et de sapins ; depuis Strabon jusqu'à nos *Instructions nautiques*, tous les géographes marins nous signalent cette richesse forestière et cette industrie des habitants[2]. Ils nous signalent aussi la tentation et les facilités que ces indigènes ont à se faire brigands et pirates et à profiter sans trop de scrupules des aubaines de la tempête : Homère, auprès des Ciliciens, connaissait déjà sur cette côte les écumeurs de la mer qui s'appellent Lelèges[3]. Si jamais les Phéniciens ont entrepris la navigation de la mer Noire, on peut être sûr d'avance que leurs barques ont fréquenté ce golfe d'Edremid et qu'ils ont, eux aussi, longuement séjourné sur ces côtes et peut-être établi des postes à demeure pour l'hivernage ou l'exploitation des forêts et des mines : Strabon dans le voisinage signale une mine de cuivre[4]. Nous comprendrions alors la présence en cet endroit des Ciliciens homériques et leur fleuve Ἑπτάπορος et les sept fils d'Aetion leur roi. Or les navigations phéniciennes dans la mer Noire ont laissé, je crois, des traces, en quelques-uns de ces doublets gréco-sémitiques, dont nous aurons par la suite à examiner quelques échantillons.

*
* *

Si l'on veut d'autres exemples encore, est-ce un hasard que, d'après l'*Iliade*, le bouclier d'Ajax, fait de *sept* peaux de bœufs,

---

1) Cf. Michaud et Poujoulat, *Correspondance d'Orient*, III, p. 300.
2) Strab., XIII, p. 606 ; *Instruct. naut.*, nᵒ 681, p. 366 et suiv.
3) Cf. Strab., XIII, p. 606.
4) Cf. Strab., XIII, p. 605.

soit l'œuvre du Béotien Tychios, qui habite le pays de Kadmos et de Thèbes aux *sept* portes[1]? est-ce un hasard que la légende homérique d'Héraklès fasse naître le héros à *sept* mois et lui fasse attaquer Ilion avec une flottille de six barques[2]? est-ce un hasard aussi que le cratère d'argent, œuvre des Sidoniens habiles, contienne six mesures[3]? Dans la légende de Charybde et Scylla, est-ce toujours un hasard que cette même alternance des deux numérations? Σκύλλα, monstre horrible, a douze pieds, six cous, et se tapit dans une caverne si haute qu'avec vingt mains et vingt pieds un mortel ne saurait l'atteindre[4]. Or cette Σκύλλα me semble bien être sortie de la même onomastique phénicienne que Καλύψω. Que l'on veuille, en effet, considérer quelques-uns des textes que voici.

Tout au fond du golfe d'Athènes, à l'ouest de cette île de Σάλαμις dont le nom est, à n'en pas douter, d'origine sémitique, une légende mégarienne connaissait une autre Σκύλλα. C'était la fille d'un certain Νῖσος, qui trahit son père et livra sa patrie aux navigateurs étrangers. J'ai montré longuement ailleurs comment toute l'onomastique mégarienne n'est qu'une suite de doublets gréco-sémitiques[5]. Cette terre a vu le suicide d'Ino, mère des jumeaux Λέαρχος et Μελικέρτης : si מלקרה, *Melqart*, — dont la transcription en Μελικέρτης est évidente, — signifie *le Roi de la Ville, le Chef du Peuple*, il semble bien que Λέαρχος en soit une traduction fort exacte. Cette terre garde une source de l'Amitié Φιλότης, qui appartient à la nymphe 'Αλόπη : אלוף, *alop*, est l'équivalent exact de φίλος. L'acropole de Mégare, la vieille ville, la ville, par excellence, — ἡ πόλις, comme disent les Athéniens en parlant de leur Acropole, ἐν τῇ νῦν ἀκροπόλει, τότε δὲ ὀνομαζομένη πόλει[6], — s'appelle Καρία : קריה, *Qaria* ou *Qiria* est en hébreu la meilleure traduction de πόλις. Cette acropole a un *megaron* de Déméter,

1) *Iliad.*, XXIV, v. 397.
2) *Iliad.*, V, v. 640; XIX, v. 117-125.
3) *Iliad.*, XXII, v. 741.
4) *Odyss.*, XII, v. 75 et suiv.
5) Voir *Annales de Géographie*, 15 juillet 1898.
6) Paus., I, 39, 6; I, 26. 6.

c'est-à-dire un trou, une caverne sacrée où l'on jette des victimes à la déesse : מערה, *megara*, signifie *la caverne*. La transcription en μέγαρον ou μέγαρα est suffisamment justifiée par ce fait que la seconde consonne ע, *aïn*, est une gutturale rendue souvent par les Grecs en u. γ : Γόμοῤῥα, Γάζα, ont-ils dit. La lettre ע dans l'alphabet grec était devenue la voyelle o : mais les Arabes, en usant comme pour le ש et le ה, la dédoublèrent et en firent une gutturale dure, le *gaïn*, et une douce, le *aïn*; c'est un *gaïn* qu'ils ont donné à la racine *garr* qui veut dire *creuser*, *faire un trou*, et dont les Hébreux tirèrent *megara*, *la caverne*. Si nous lisons dans Pausanias que Mégare fut fondée par Κάρ, le navigateur étranger, que son vieux nom de Καρία lui vint de là, et que le μέγαρον de Déméter fut l'œuvre de ce premier roi, nous en pourrons conclure, je crois, qu'à l'origine cette factorerie sémitique se nommait קרית־מערה, *Qaria* ou *Qariat Megara*, la *Ville de la Caverne*, telle ces *Qariat Baal* ou *Qariat Iarim* que nous fournit l'onomastique palestinienne.

Il est à noter que les poèmes homériques connaissent Σάλαμις, mais ne connaissent pas Mégare ; cette côte appartient alors aux Béotiens (cf. légende de Kadmos), qui possèdent Νίσα la divine. Νίσα est le nom du port de Mégare[1]. Fondation d'un héros légendaire Νῖσος, elle était la patrie de Σκύλλα. Νῖσος après la trahison de sa fille fut changé en oiseau de proie, aigle marin ou épervier, qui chasse sur les flots[2]. Nous avons dans la mer Occidentale une île des Éperviers, Ἱεράκων νῆσος, dont nous connaissons le nom phénicien *I-nosim*, car נץ *nes* ou *nis* est l'équivalent de ἱέραξ. Ce doublet Νῖσος-ἱέραξ nous explique la légende mégarienne et la métamorphose du roi en oiseau. Quant à Σκύλλα, jetée à la mer par les navigateurs étrangers, elle mourut auprès de cette roche qui marque en face du Sunium, à l'extrémité orientale de l'Argolide, l'entrée du golfe Saronique. Son cadavre disparut dévoré par les oiseaux marins. Mais la roche garda son nom et s'appela désormais Σκυλλαῖον[3]. Les mers grecques étaient bordées de

1) *Iliad.*, II, v. 508.
2) Hygin., *fab.* 198; Ovid., *Metam.*, VIII, 146; Paus., I, 39, etc.
3) Paus., II, 34, 7.

promontoires Σκυλλαῖον, Σκυλλήτιον, Σκυλλάκιον, etc. Sous ces
formes diverses, ce nom présentait un sens aux oreilles helléniques : c'était la Pointe du Chien ou de la Chienne, σκύλιον,
σκύλλα, etc. A l'entrée de l'Hellespont, l'un de ces promontoires
du Chien était célèbre parmi les marins ; c'était l'un de ces *amers*,
comme disent nos matelots, l'un de ces signes de reconnaissance,
de ces colonnes naturelles, qui guident les navires et leur donne
l'alignement pour l'entrée périlleuse des golfes ou des détroits[1].
Ce promontoire se nommait *le Tombeau du Chien* ou *le Tombeau
d'Hécube* : « Après la ruine de Troie, les Grecs emmenaient
Hécube et la vieille les injuriait. Ils la débarquèrent en cet endroit, la *lapidèrent* et leurs pierres firent un tertre, κολωνόν. Puis
ayant écarté ces pierres, ils ne trouvèrent plus qu'une chienne,
σκύλλαν, aux yeux de feu[2] ».

L'usage de la lapidation est fréquent chez les Sémites, très
rare chez les Grecs qui ne semblent l'avoir connu que pour certains crimes religieux. En hébreu, c'est le verbe סקל, *saqal*, qui,
signifie *lapider*, verbe démonstratif de la racine, *s.q.l.*, *pierre*.
Si nous prenons maintenant la description légendaire de l'*Odyssée*,
Σκύλλα est une *pierre* chauve, coupée à pic, polie, Σκύλλη πετραίη,

πέτρη γὰρ λίς ἐστι, περιξεστῇ εἰκυῖα,

et c'est au sommet de ce morne, si haut que les flèches n'y sau-
aient atteindre, une caverne   où habite le monstre toujours hur-
rant, aboyant comme un petit *chien*,

ἔνθα δ' ἐνὶ Σκύλλη ναίει, δεινὸν λελακυῖα·
τῆς ἤτοι φωνὴ μὲν ὅση σκύλακος νεογιλῆς
γίγνεται · αὐτὴ δὲ πέλωρ κάκον[3].

Si le doublet Σκύλλα-πέτρη nous explique le premier de ces vers,
voici pour les suivants une citation de nos *Instructions nautiques*,
qui nous décrit la côte sicilienne un peu au sud de Messine, le
long du détroit et près des tourbillons de Charybde : « Au sud du

---

1) Cf. les *Instruct. naut.*, n° 691, p. 373 et suiv.
2) Eurip., *Hecub.*, v. 1243 et suiv.; cf. le Scholiaste.
3) *Odyss.*, XII, v. 79 et v. 85-88.

cap Scaletta la plage se continue sur une longueur de 3 milles jusqu'à la pointe nommée Capo d'Ali, pied d'un morne escarpé avec quelques rochers à sa base. La ville d'Ali, renommée par ses eaux minérales, s'élève en dedans du cap sur la pente du mont Scudery, qui a 1.250 mètres de hauteur. Auprès du sommet aplati de cette montagne, il existe une caverne d'où le vent sort en soufflant avec une certaine violence[1]. » Je ne crois pas qu'en langage de marins modernes on puisse rendre plus exactement tous les détails essentiels de la description homérique : morne, λὶς πέτρη, caverne inaccessible,

οὐδέ κεν ἐκ νηὸς γλαφυρῆς αἰζήιος ἀνήρ
τόξῳ οἰστεύσας κοῖλον σπέος εἰσαφίκοιτο,

aboîments et grognements, δεινὸν λελακυῖα. Le reste s'est ajouté comme de lui-même. Σκύλλα a pris une voix de chien, ὅση σκύλακος νεογιλῆς, ou une ceinture de chiens marins, à cause de son nom même. Σκύλλα est devenue un monstre, πέλωρ κακόν, parce que dans le voisinage les Grecs avaient dû rencontrer un autre nom de lieu sémitique. Je le crois du moins pour la raison que voici. Les promontoires qui terminent la Sicile à l'ouest et au sud gardèrent toujours pour les Grecs leurs noms sémitiques, Πάχυνος et Ἔρυξ. Je crois de même et je tâcherai de montrer que le troisième cap du triangle sicilien avait déjà reçu des navigateurs phéniciens le nom de Πέλωρος ou un nom similaire que l'onomastique grecque conserva, ou que du moins elle n'altéra que fort peu, juste assez pour la commodité de la prononciation et la beauté du calembour : que l'on me fasse crédit quelques lignes encore. *Skylla*, voisine de *Peloros*, est devenue, un monstre, πέλωρ.

*
* *

Σκύλλα est donc πέτρη, Σκύλλη πετραίη, et tout autour de la Méditerranée, les Phéniciens avaient semé ces *pierres* en donnant à chacune un déterminatif : la *Pierre de l'Épervier* ou *la Pierre Blanche*. Nous voyons à n'en pas douter que la *Pierre de l'Éper-*

1) *Instruct. naut.*, nᵒ 731, p. 240.

vier, סקל-נ, *Sqala Nis*, devient pour les Grecs Σκύλλα Νίσου, Scylla,
fille de Nisos. C'est une opération semblable qui a donné Σκύλλα
Ἑκάτης ou, dans l'*Odyssée*, Σκύλλα Κραταιίς. Car cette *Pierre* de
l'*Odyssée* a pour mère Krataïis, comme la *Pierre* mégarienne
avait pour père Nisos[1]. Il est peut-être difficile de retrouver le
déterminatif sémitique qui donna naissance à ce personnage mythique de Κραταιίς : peut-être l'étymologie populaire des Grecs a-t-
elle fortement dénaturé le mot phénicien pour le plier à une as
sonance hellénique, κράτος, κραταία, *la forte*, la *violente*, Pourtant
j'inclinerais à pousser l'explication « plus homérique » jusqu'au
bout et à suivre la description odysséenne mot à mot. Σκύλλα est
une pierre unie, coupée, chauve, rasée, un morne, comme disent
es *Instructions nautiques*, où l'on ne saurait monter, dit l'*Odyssée*[2]. La racine hébraïque qui signifie *couper, trancher* est כרת, *karat* : τέμνειν ont traduit Homère et ses contemporains dans l'expression rituelle et commerciale empruntée par eux à leurs maîtres en
trafic et en religion כרת ברית, *karat berit, couper les victimes du
traité, faire un traité*, ὄρκια τέμνειν. L'épithète כרתת, *kroutot*, est
employée dans la Bible sous cette forme féminine pluriel pour
désigner les poutres de cèdre du Liban, équarries, travaillées à
la hache κατειργασμένης κέδρου, par opposition aux troncs employés
bruts, « non hachés », traduisent les Septante, ἀπελεκήτων[3]. Cette
forme pluriel nous conduit à un singulier כרתה, dont notre Κραταιίς
est une transcription parfaite : κ = כ, ρ = ר, τ = ת, αι = ה. Cette
Pierre du détroit de Messine était donc, je crois, la *Pierre coupée*.
Elle se dressait à l'un des seuils de la passe et marquait l'une des
colonnes de l'entrée. Il est probable que chacun des deux seuils
avait dans l'onomastique primitive sa double colonne, sa double
Pierre. Les Grecs et les Latins conservèrent le nom de Σκύλλα non
pas au *Capo d'Ali* sur la côte sicilienne, où nos *Instructions nautiques* nous donnent aujourd'hui la caverne mugissante, mais à la
pointe italienne du nord-est : sur cette même côte italienne, à

1) *Odyss.*, XII, v. 231.
2) *Odyss.*, XII, v. 124.
3) Strab., VI, p. 258.

l'entrée sud-est du détroit, les Grecs et les Latins nommèrent à cause de sa couleur, ἀπὸ τῆς χρόας, dit Strabon, Λευκοπέτρα, *la Pierre Blanche*, le promontoire extrême que nos *Instructions* nous décrivent ainsi : « il y a le long du cap quelques rochers remarquables par leur blancheur [1] » ; c'est l'extrémité des monts que les Italiens nomment aujourd'hui *Aspro-Monte*. Des deux autres colonnes qui devaient jalonner la côte sicilienne, l'une au Capo d'Ali devait être la vraie Σκύλλα que les Grecs déplacèrent ; l'autre tout à la pointe de l'île, à l'extrémité de la plage sablonneuse qui finit le rivage de Messine, s'appelait pour les Grecs le cap Πέλωρος.

Dans l'*Odyssée*, quand Ulysse a franchi Scylla, il débarque en Sicile, sur cette terre du Soleil, où règnent Phaéthousa et Lampétie, filles d'Hélios et de la δῖα Νέαιρα. Si *Baalat Neara, dea lucis*, peut nous donner cette Néaira, peut-être une autre épithète divine va-t-elle nous localiser cette terre d'Hélios. Car nous sommes arrivés à cette Néaira par les *Neriah* ou *Neriahou* de l'onomastique hébraïque. Or un synonyme exact de נור, גר, נהרה, *nour*, *ner* ou *neara*, est אור, אורה, *or* ou *ora*, et les noms théophores *Neriah* et Νούβηλος ont, pour équivalents, *Oriah*, אוריה, et *Oriel* אוריאל. Or nous devons considérer d'une part que *Ori-el*, étant donnée la synonymie de *el* et de *baal* ou *bel*, le *maître*, le *dieu*, — et les Phéniciens employaient plus volontiers *baal* ou *bel*, Βῆλος, — est exactement le synonyme de *Ori-baal* ou *Ori-bel*; d'autre part que ce nom d'homme retourné, *bel-or* ou *baal-or*, donnerait une épithète divine qui appliquée au soleil se comprendrait d'elle-même, בל־אור, *Baal Or, deus lucis*, φαέθων ἄναξ, pour employer deux épithètes de l'*Odyssée* ; enfin que le ב initial, comme nous l'avons déjà vu, est difficilement rendu par le β grec, mais que souvent c'est un π qui sert à le transcrire. Exemple : le promontoire sud-oriental de la Sicile se nomme en grec Πάχυνος: « on aperçoit sur une large pointe saillante le village de Marzameni et sur une colline la ville de *Pachino* élevée de 65 mètres ; l'église de cette ville et le moulin à vent placé auprès sont très apparents du large », disent les *Instructions*

[1] *Instruct. naut.*, nᵒ 731, p. 113.

nautiques[1]; cette côte est bordée de pêcheries et de madragues que surveille et garde cette haute guette; il semble donc que Kiepert ait eu raison de voir dans ce Πάχυνος une transcription du phénicien בחון , *baḥoun, garde, guette,* σκοπίη, θυννοσκόπειον[2]. Le ב initial aurait ici donné un π, les autres consonnes étant rendues très exactement[3]. C'est une opération semblable qui de בל־אור, *Bel-Or*, a fait Πέλωρος, le calembour aidant pour avoir un similaire du grec πέλωρ, *le monstre.* La tradition locale rapportait ce nom de lieu sicilien aux Sémites, et le nom de *Baal*, resté vaguement dans la bouche des anciens, avait fait imaginer l'histoire que voici : c'était en cet endroit que *Hannibal* avait tué et enterré son pilote Πέλωρος pour le punir d'une manœuvre maladroite[4]. Le nom de *Or* avait donné naissance à une autre explication : c'était à en croire Hésiode cité par Diodore de Sicile[5], le géant, le *monstre Orion*, Ὠρίων πελώριος, qui avait creusé le port de Messine et, des matériaux tirés de la mer, fabriqué la pointe Πέλωρος et bâti le temple de Poseidon qui se dressait en cet endroit.

Ce Πέλωρος, qui est un cap sacré, ἱερὰ ἄκρα[6], nous ramènerait donc, en fin de compte, à ces caps sacrés du Soleil, que nous trouvons dans les mers sémitiques, Ἱερὰ Ἡλίου ἄκρα de l'Arabie, Ἡλίου ὄρος, *Solis Promontorium* de la Mauritanie, etc.[7] : parmi les *sept* Héliades de Rhodes, l'île du Soleil, il y a l'Homme du promontoire, Ἄκτις. Il faut noter que le Πέλωρος est redevenu pour nous un cap de la Lumière, *le Phare* de Messine. — C'est là qu'Ulysse, échappé à Charybde et à Scylla, est forcé de débarquer par ses équipages en révolte : il voudrait doubler cette terre divine et épargner à ses compagnons la tentation des sept troupeaux de bœufs et des sept troupeaux de brebis; mais ces

---

1) *Op. laud.*, p. 266.
2) Strab., VI, 4.
3) Cf. Heinrich Lewy, *Die Semit. Freindwörter*, p. 15.
4) Cf. Strab., I, 10; III, 171; Mel., III, 7; Val. Max., IX, 8.
5) Diod., Sic., IV, 85.
6) *Anth.* VII, 224.
7) Cf. Pape Benseler, *Wört. der griech. Eigennamen.*

équipages affamés et fatigués veulent du repos. Il relâche donc au Port-Creux, ἐν λιμένι γλαφυρῷ[1]. Cette épithète est à noter ; nous avons affaire certainement à un nom propre, car c'est le seul passage dans les poèmes homériques où elle soit jointe au mot λιμήν. Le port du détroit, Messine, mérite ce qualificatif. Il est formé, disent nos *Instructions nautiques*, par une langue de terre, par le Bras de Saint-Renier, qui se détache de la côte et se recourbe en forme de faucille[2]. « Messine du Péloros, dit Strabon, est située dans une rade, qu'une longue presqu'île recourbée borde à l'est et façonne en forme d'aisselle. Avant l'occupation grecque, l'endroit se nommoit Ζάγκλον à cause de sa courbure ; *courbe* se disait en effet ζάγκλον. » L'épithète γλάφυρος décrit fort exactement cette courbure des grottes, des coques de navire ou des rivages sablonneux, tels que ce rivage de Messine.

* *
*

Je crois que l'on ne saurait trop insister sur le réalisme de ces descriptions homériques, sur la réalité de cette géographie et de ces navigations. Toute cette légende de Charybde et de Scylla apparaît alors comme une *instruction nautique* d'une exactitude parfaite. « Voici mes instructions, pilote, dit Ulysse à l'entrée du détroit ; tu vois cette vapeur et ce remous ; tiens le navire en dehors ; ne perds pas de vue le rocher qui est sur la côte en face, de façon à ce que le navire ne t'échappe pas et que tu ne nous jettes pas en perdition :

> σοὶ δὲ, γυβερνῆθ᾽, ὧδ᾽ ἐπιτέλλομαι ....
> τούτου μὲν καπνοῦ καὶ κύματος ἐκτὸς ἔεργε
> νῆα · σὺ δὲ σκοπέλου ἐπιμαίεο μή σε λάθῃσιν
> κεῖσ᾽ ἐξορμήσασα καὶ ἐς κακὸν ἄμμε βάλῃσθα[3].

Nous ouvrons nos *Instructions nautiques*[4] : « La navigation de ce détroit demande quelques précautions, à cause de la rapidité

1) *Odyss.*, XII, v. 205.
2) *Instruct. naut.*, n° 731, p. 246.
3) *Odyss.*, XII, v. 217-221.
4) *Instruct. naut.*, n° 731, p. 237 et suiv.

et de l'irrégularité des courants qui produisent des remous ou
tourbillons dangereux pour les navires à voiles. En outre, devant
les hautes terres, les vents jouent et de fortes rafales tombent
des vallées et des gorges, de sorte qu'un navire peut arriver à ne
plus être maître de sa manœuvre. La rencontre de deux courants opposés produit, en divers point du détroit, des tourbillons
et de grands remous, appelés *garofali* (œillets) dans la localité.
Les principaux sont sur la côte de Sicile et sont aussi appelés
carioddi : c'est le Charybde des anciens. »

Le détroit, dit Circé à Ulysse, est bordé de deux roches, l'une
très haute où habite Scylla, l'autre très basse sous laquelle Charybde engloutit les flots. Rapproche-toi de Scylla qui te prendra
six compagnons. Mais il vaut mieux perdre six hommes que tout
ton équipage.

Les *Instructions nautiques* recommandent encore la même
manœuvre. Quand on vient de la mer Tyrrhénienne, il faut s'é-
carter de la côte de Sicile, se rapprocher de la côte de Calabre où
l'on trouve la marée plus favorable, puis la région des *garofali*
étant dépassée, on gouverne au milieu du canal et l'on va sans
difficulté soit à Messine, soit à Rhegium, de l'un ou de l'autre côté
du détroit.

Ulysse, qui vient du nord, de la mer de Circé, — nous retrou-
verons ce mot, — gouverne ainsi : il longe Scylla, qui lui prend
six hommes, puis revient au milieu de la passe et de là il entend
les mugissements des troupeaux siciliens ; il met alors le cap sur
cette côte sicilienne et débarque au Port-Creux, à Messine[1]. En
sens inverse, après le massacre des troupeaux divins et le naufrage qui en est la punition, Ulysse sur son épave est d'abord
jeté vers Charybde, puis vers Scylla : il va vers le nord ; il est
exilé de nouveau par les dieux vers les terreurs et les enchante-
ments de la grande mer Occidentale, où l'attend la captivité de
Calypso[2].

Le doublet Σκύλλα–πέτρη nous a expliqué une moitié de la lé-

____

1) *Odyss.*, XII, v. 260 et suiv.
2) *Odyss.*, XII, v.

gende. Reste Χάρυβδις qui désigne, à n'en pas douter, les *garofali* de la côte sicilienne, « Charybde qui ingurgite l'eau noire, et trois fois par jour la recrache et trois fois l'engouffre, Charybde, le gouffre de mort, Χάρυβδις ὀλοή[1] ». Il semble que Bochart ait eu raison de songer à une étymologie sémitique. Ce nom de Χάρυβδις se retrouve d'un bout à l'autre de la Méditerranée, depuis la Syrie jusqu'à l'Espagne en passant par notre détroit de Sicile. En Syrie, il est donné au gouffre où se perd l'Oronte vers le milieu de son cours, à la Perte de l'Oronte, comme nous disons la Perte du Rhône. En Espagne, près de Gadès, et en Sicile, il s'applique aux tourbillons marins qui semblent engloutir la mer et où les navires viennent se perdre. Bochart proposait l'étymologie חר־אבד, *char-obed, le trou de la perte*. La transcription en Χάρυβδις est très régulière. הר, que les Écritures vocalisent *chor* ou *chour*, avait donné dans la Syrie du nord le nom de ville Χάρρα ou Χάρα que les Grecs traduisaient par τρώγλαι, *les cavernes, les trous*[2] : le ה initial rendu par un χ ne doit pas nous surprendre, puisqu'en arabe c'est un *het* pointé que nous avons au début du même mot, *charrou, le trou, le repaire*. Quant à אבד, que les Écritures vocalisent *obed*, on peut rétablir presque à coup sûr la vocalisation plus allongée *oubed*. Ce Trou de la Perte, Χάρυβδις, nous serait traduit exactement par l'épithète homérique qui l'accompagne presque toujours, ὀλοή, *la pernicieuse* : Χάρυβδις-ὀλόη serait le pendant de Σκύλλα-πετραίη, c'est-à-dire un nouveau doublet gréco-phénicien.

Ici encore, nous retrouvons la numération par six ou par sept, dans les six victimes de Scylla, les six engouffrements ou dégorgements de Charybde, puis les quatorze troupeaux du Soleil, *sept* troupeaux de bœufs et *sept* troupeaux de brebis de cinquante têtes. Ces troupeaux immortels, qui ne connaissent ni la natalité ni la mort, sont respectés un mois durant par les compagnons d'Ulysse. Puis, durant une semaine, ils servent à des

1) *Odyss.*, XII, v. 102-106.
2) Phil. *Lib. de Abrah.*, 16.

banquets impies, jusqu'au septième jour envoyé par Zeus Kronion.

III

Ces exemples sont-ils assez nombreux et assez concluants pour permettre une hypothèse que bien d'autres faits paraissent vérifier? Si la Grèce historique, en effet, ne connut pas la semaine et compta par cinq et par dix, il semble bien que dans ses légendes populaires elle gardait le souvenir d'une période préhellénique, où le nombre *sept* jouait un rôle rituel. Si l'Hellade connut les *dix* orateurs attiques, la Grèce primitive avait eu les *sept* sages, dont deux tout au moins, pensaient les Grecs, avaient été les élèves des Phéniciens : Phérécyde né dans notre île de Syra et Thalès, fils d'un Milésien de race phénicienne. Elle avait eu aussi les sept merveilles du monde et, dans la terre de Kadmos, les sept portes de Thèbes et les sept héros qui marchèrent contre elles. Les poètes gardèrent l'habitude de diviser la vie humaine en semaines d'années, de considérer la fin de la septième semaine, la cinquantaine ($7 \times 7 = 49$), comme l'apogée, et de vouloir régler toute l'éducation et toute la conduite des hommes suivant ce rythme de sept ans : pourtant, dit Aristote, il est visible que ce système ne cadre pas du tout avec la réalité[1]. A Athènes on ne donnait un nom aux enfants que le huitième jour : « Toute femme, dit le *Lévitique*, qui accouchera d'un mâle, sera impure durant sept jours et, le huitième, elle circoncira son fils. » Les Athéniens qui avaient oublié la raison rituelle de cet usage inventèrent une raison d'expérience et de pratique : « pendant la première semaine, disaient-ils, les enfants ont trop de chances

---

1) Arist., *Polit.*, VIII, 14 : αὕτη δ'ἐστὶν ἐν τοῖς πλείστοις ἥνπερ τῶν ποιητῶν τινὲς εἰρήκασιν οἱ μετροῦντες ταῖς ἑβδομάσι τὴν ἡλικίαν, περὶ τὸν χρόνον τὸν τῶν πεντήκοντα ἐτῶν. Id., *ibid.*, VII, 15 : οἱ γὰρ ταῖς ἑβδομάσι διαιροῦντες τὰς ἡλικίας ὡς ἐπὶ τὸ πολὺ λέγουσιν οὐ καλῶς.

de mourir ; il est inutile de leur donner un nom avant d'être sûr qu'ils vivront[1]. »

L'esprit grec apparaît mieux encore dans une autre interprétation de ce nombre *sept*. A Samothrace, dans l'une de ces îles hautes Σάμος, Σάμη, — « le mot Fingari près de son centre s'élève à 1,750 mètres : c'est la plus haute montagne des petites îles de l'Archipel », disent les *Instructions nautiques*[2], — on eut des mystères que les Grecs pensaient être d'importation phénicienne et où le nombre sept était rituel : c'est que Zeus étant né s'était mis à rire et pendant sept jours il avait ri avant de se reposer. — Le bon dieu des Sémites se met au travail le premier jour et se repose le septième ; le bon dieu des Grecs commence la vie par des éclats de rire et par une semaine de gaîté. — C'est Théodore de Samothrace qui nous donne cette explication : Θεόδωρος ὁ Σαμοθρᾴξ τὸν Δία φησὶ γεννηθέντα ἐπὶ ἑπτὰ ἡμέρας ἀκατάπαυστον γελάσαι, καὶ διὰ τοῦτο τέλειος ἐνομίσθη ὁ ἕβδομος ἀριθμός[3].

Les traditions géographiques, surtout, et les légendes maritimes gardèrent fidèlement ce nombre sept. La Méditerranée eut sept grandes îles, au sujet desquelles les géographes grecs se disputèrent : Timée prétend, dit Strabon, que Rhodes est la plus grande des îles après les sept, qui sont la Sardaigne, la Sicile, Chypre, la Crète, l'Eubée, la Corse et Lesbos ; mais ce n'est pas vrai ; il y en a de bien plus grandes[4]. — Les détroits, presque tous les détroits, eurent sept stades de long ou de large : le détroit de Messine et le canal du Bosphore, comme l'ancien détroit comblé entre Alexandrie et l'île du Phare, sont tous des Ἑπτασταδίον[5]. — Les vieilles amphictyonies maritimes comprenaient, dit-on, sept villes, sept ports ; mais bien des villes, aux temps historiques, revendiquèrent une place dans l'amphictyonie de Calaurie, et

1) *Levit.*, xii, 2-3. Cf. Arist., *Hist. An.*, VII, 12 : τὰ πλεῖστα δ'ἀναιρεῖται πρὸ τῆς ἑβδόμης· διὸ καὶ τὰ ὀνόματα τότε τίθενται ὡς πιστεύοντες ἤδη μᾶλλον τῇ σωτηρίᾳ.
2) *Instruct. naut.*, n° 681, p. 377.
3) *F. H. G.*, IV, p. 513.
4) Strab., XIV, p. 654.
5) Strab., II, 124; XIII, 594; XVII, 792.

nous avons vu que le choix entre elles était aussi difficile qu'entre les sept patries d'Homère [1]. — C'est un tribut de sept garçons et de sept filles que, durant neuf ans, Minos exige des Athéniens, et Thésée est le premier des sept. Ce même Thésée, dans sa cinquantième année ($7 \times 7 = 49$), enlève la petite Hélène qui n'a que sept ans encore [2]. Ce sont les plus vieux auteurs, Hellanicus surtout, qui nous ont transmis ces légendes.

Les polygraphes des siècles postérieurs nous en ont conservé de similaires. Dans l'Hellade historique, êtres et choses de la mer suivent encore le rythme de sept. L'Euripe se reposait tous les sept du mois [3]. Dans l'île d'Andros, une fontaine merveilleuse donnait du vin à certains intervalles de sept jours, *statis diebus septenis* [4]. C'est par semaines qu'il faut mesurer la gestation des poissons, car les uns portent plus de trente jours, les autres moins, mais tous un nombre entier de semaines [5]. De même, parmi les oiseaux marins, les alcyons nichaient, couvaient et élevaient leurs petits, pendant les deux semaines de calme, que Zeus avait établiées pour eux au milieu de la mauvaise saison. C'étaient les jours alcyoniens, sept jours avant et sept jours après le solstice d'hiver : Zeus récompensait ainsi la fidélité du héros Κήυξ et de sa femme Ἀλκυώνη, qu'il avait transformés en alcyons [6].

*
* *

Cette métamorphose me semble de même origine que celle de Νῖσος en ἱέραξ, du roi Nisos en épervier. Ἀλκυώνη est un mot grec, mais Κήυξ doit nous arrêter. Κήυξ, κήξ, καύαξ, καύηξ est dans les poèmes homériques un oiseau de mer, dont le nom varie

1) Strab., VIII, p. 374.
2) Arist., *Hist. An.*, VI, 17 : κύουσι δὲ τούτων ἔνιοι μὲν οὐ πλείους τριάχοντα ἡμερῶν, οἱ δ᾽ ἐλάττα χρόνον, πάντες δ᾽ ἐν χρόνοις διαιρουμένοις εἰς τὸν τῶν ἑβδομάδων ἀριθμόν.
3) Hellan., I, p. 66, n° 152.
4) Plin., XXXI, 13 ; II, 106.
5) Hellan., *F. H. G.*, I, p. 54-55.
6) Hyg., *fab.* 65.

souvent d'orthographe autour des trois consonnes fondamentales
κ-υ-ξ, la seconde paraissait avoir été à l'origine un digamma,
rendue ensuite par un υ ou par un ϐ, — car on a aussi κάϐαξ, —
ou simplement supprimée. Or, dans la liste des oiseaux impurs
que le *Lévitique* et le *Deutéronome* défendent de manger, parmi
les oiseaux d'eau, cygne, pélican, etc., figure un כוס, *k-u-x*, sur
lequel les commentateurs ne sont pas d'accord. Je crois que la
légende grecque nous fournit la traduction exacte de ce mot par
le doublet Κήυξ-Ἀλκυώνη : les différentes transcriptions κάϐαξ,
καύαξ, καύηξ, etc., se justifieraient sans peine, et tous les détails
de la légende conduiraient à cette explication. Car Κήυξ, ami
d'Héraklès, habitait sur la mer d'Eubée, près des Thermopyles et
de leurs sources chaudes, un lieu qui s'appelait *la Roche* et qui
fut plus tard la ville d'Héraklès, Ἡράκλεια. *La Roche de Keyx* me
semble le pendant de *la Pierre de Nisos* : Τράχις Κήυκος vaut
Σκύλλα Νίσου. Mais, si pour cette Pierre de l'Épervier, *Skulla Nis*,
nous avons les deux mots de l'original phénicien, il semble que
pour la Roche de l'Alcyon nous ayons seulement le second mot
sémitique, le premier ayant été traduit en grec par τράχις. Peut-
être cependant n'est-il pas impossible de retrouver ce premier mot
de l'original phénicien.

Car nous connaissons quelques-uns des termes que l'onomas·
tique phénicienne avait à son service pour rendre cette idée de
Roche. Il en est un surtout que nous avons longuement étudié ;
c'est צור, *Sor* ou *Sour*, Σύρος, disent les Grecs. *Sor Koux* nous donnerait la *Roche de l'Alcyon*. Le כ final est exactement rendu par
le ξ grec. Mais ce ξ à son tour est constamment remplacé par le
double sigma, ξ = σσ. Nous pourrions donc avoir *Sor* ou *Sour*
Kouss. Sur les côtes de Sicile, — « les Phéniciens avant les Grecs,
dit Thucydide, avaient occupé sur tout le pourtour de la Sicile
les promontoires et les îlots côtiers » — en face d'un îlot côtier
nommé l'*Ile aux Cailles*, Ὀρτυγία, une haute falaise porta la ville
de Συράκουσσαι, que la légende disait avoir été fondée par les deux
nymphes Σύρα et Κούσσα. L'Ile aux Cailles et la Roche de l'Alcyon
iraient bien ensemble. Est-ce un hasard qu'au pied de cette Roche,
au milieu de cette île, une fontaine ait reçu le nom de Ἀρεθούση,

et que dans l'île d'Ulysse une autre fontaine d'Aréthuse jaillisse au pied de *la Roche du Corbeau*, Κόρακος Πέτρα?

πὰρ Κόρακος πέτρῃ ἐπὶ τε κρήνη Ἀρεθούσῃ [1]

Je crois, pour ma part, que ce nom Ἀρεθούση est encore d'origine sémitique : les preuves de cette opinion, trop longues à donner ici, seront fournies par moi quelque jour. Je pense qu'en tout cas le doublet Κήυξ-Ἀλκυώνη nous est acquis au même titre que Νῖσος-ἴεραξ.

*
* *

Peut-être ne faut-il pas nous arrêter là. Parmi les terres légendaires de l'*Odyssée*, nous avons identifié déjà Ἰσπανία-Καλύψω et Πέλωρος-Ἥλιος. Il en est une autre où règne une déesse que son nom d'oiseau doit nous faire ranger peut-être à côté de Νῖσος et de Κήυξ : c'est l'île de Circé.

Κίρκη est le féminin de Κίρκος qui désigne une sorte d'ἴεραξ, d'épervier, ἴρηξ κίρκος, dit l'*Odyssée* [2]. Circé est la sœur de Αἰήτης, la fille de Πέρση et du Soleil. Elle habite l'île Αἶα ou Αἰαίη. Que l'Épervière Circé soit la fille du Soleil, il semble que nous puissions le comprendre : l'épervier et surtout le κίρκος sont les oiseaux d'Apollon, Ἀπόλλωνος ταχὺς ἄγγελος [3], qui servent pour les présages. Mais que viennent faire ici Αἰήτης et Πέρση? les Grecs retrouvant ces noms au fond de la mer Noire ainsi que celui de Αἶα inventèrent une fuite de Circé qui, du Pont-Euxin, à travers l'Océan, serait venu dans la mer Occidentale. Voici quelques rapprochements curieux, qui n'auraient peut-être qu'une valeur de curiosité et que l'on pourrait croire fortuits, s'ils ne venaient après tant d'autres doublets rencontrés déjà sur notre chemin.

Si Κίρκη en grec est l'Épervière, עיט, *aït*, en hébreu, est un oiseau de proie, l'aigle, et פרס, *peres*, ou פרסה, *persé*, est un autre oiseau de proie, le vautour probablement. Nous savons d'autre part que le mot *île* pour les Phéniciens était אי ou י, *ai* ou *i*. L'Αἶα

---

1) *Odyss.*, XIV, v. 526.
2) *Odyss.*, XIII, v. 87.
3) *Odyss.*, XIII, v. 408.

de Κίρκη semble donc, au point de vue du nom, exactement l'inverse de la νῆσος de Καλύψω : c'est-à-dire que le premier terme αἶα a été transcrit non traduit, et le second traduit non transcrit. Mais l'original tout entier est à portée de notre connaissance. Car, si les auteurs subséquents nous parlent de l'Αἶα de Κίρκη, l'*Odyssée* beaucoup plus exacte nous donne toujours Αἰ-αίη. Or איה, *aie*, désigne en hébreu une sorte d'épervier : אי־איה *ai-aie*, Αἰ-αίη serait donc exactement νῆσος Κίρκης. Notons que איה, *aie*, étant féminin, nous comprenons mieux que le féminin Κίρκη et non Κίρκος ait servi à le rendre.

Pour en finir avec ces légendes et ces noms d'oiseaux, je voudrais signaler encore auprès de κῆξ et de αἴετος deux ou trois mots homériques, que les anciens ont eu de la peine à comprendre et qui me semblent de même origine que κῆξ et αἴετος. H. Lewy[1] en avait déjà signalé un, ἀνοπαῖα : « Athéna aux yeux de chouette s'envola sous forme de ἀνοπαῖα[2]. » Les Grecs eux-mêmes ne savaient plus au juste ce qu'était cet oiseau[3]. Or dans la liste du *Lévitique* et du *Deutéronome* que nous avons déjà citée[4], figure un oiseau d'eau qui s'appelle אנפה, *anape*, — les Septante traduisent par χαράδριος, pluvier. — Ἀνοπαῖα serait une transcription méticuleusement exacte : α=א, ν=נ, π=פ, αι=ה. Un autre oiseau homérique, σκώψ, embarrassait déjà les naturalistes et commentateurs anciens ; *neque ipsac jam aves noscuntur*, dit Pline[5] : Aristote les classait parmi ces oiseaux merveilleux que l'on ne voit qu'un ou deux jours par an et dont on ne sait rien[6]. La même liste du *Lévitique* et du *Deutéronome* nous donne un oiseau שחף, *sahap*, que les Septante traduisent par λάρος, semble-t-il, la mouette. Les σκῶπες d'Homère sont des oiseaux à large envergure, τανυσίπτεροι, qui vivent avec les éperviers près de la grotte de Kalypso,

---

1) *Die Semit. Fremdwörter*, p. 9.
2) *Odyss.*, I, v. 320.
3) *Levit.*, XI, 19 ; *Deuter.*, XIV, 19.
4) Cf. Buchholz, *Homer. Realien*, I, p. 143.
5) Plin., *Hist. Nat.*, X, 49. Cf. Buccholz, *Homer. Realien*, I, p. 130.
6) Arist., *Hist. Anim.*, IX, 28 : σκῶπες δ'οἱ μὲν ἀεὶ πᾶσάν ὥραν εἰσὶ καὶ καλοῦνται ἀεισκῶπες καὶ οὐκ ἐσθίονται διὰ τὸ ἄβρωτοι εἶναι · ἕτεροι δὲ γίνονται ἐνίοτε τοῦ φθινο-

> ἔνθα δὲ τ' ὄρνιθες τανυσίπτεροι εὐνάζοντο
> σκῶπές τ' ἴρηκές τε [1]...

C'est d'ailleurs la seule fois qu'ils figurent dans les poèmes homériques. La transcription שחף en σκῶψες ne souffrirait qu'une difficulté, car σ = שׁ et π = פ; pour le ח rendu par un χ, bien que d'ordinaire ח soit transcrit par un χ ou supprimé, nous avons des exemples du ח = χ, la ville de Χάρρα dont nous avons expliqué le nom plus haut s'appelle aussi Κάρρα.

Enfin il est un oiseau qui se nourrit de chair, γύψ, et que l'antiquité révéra comme le meilleur instrument d'augure. Il figure dans les locutions homériques auprès des chiens qui dévorent les cadavres. Ces locutions se présentent sous la double forme κύνες καὶ γῦπες, et κύνεσσιν οἰωνοῖσί τε πᾶσι [2]. Γύψ et οἰωνός alternent donc. Or οἰωνός est le terme générique pour désigner tous les oiseaux de proie : en tête de notre liste du *Lévitique* et du *Deutéronome*, le titre générique pour désigner tous les oiseaux impurs est עוֹף, *goup*. Je transcris le *aïn* initial par un *g*; nous en avons eu déjà plusieurs exemples; la transcription γύπ-ς serait aussi parfaite que les précédentes. Les γῦπες étaient les grands instruments d'augure : en arabe, c'est cette même racine qui a fourni le mot *gaoupoun, le sort*, la fortune, la chance. Je crois donc que nous avons ici encore en doublet γῦπες-οἰωνοί, ce dernier mot ayant pris aussi la signification de présage. Les Grecs prétendaient qu'ils avaient appris d'Héraklès à préférer les γῦπες pour la divination [3].

Aux oiseaux marins, il faut joindre encore un comparse. Homère connaît les phoques, φῶκας, aux pieds nageurs, νέποδες, au

---

1) *Odyss.*, V, v. 65.
πώρου, φαίνονται δὲ ἐφ' ἡμέραν μίαν ἢ δύο τὸ πλεῖστον.... περὶ δὲ γενέσεως αὐτῶν ἥτις ἐστὶν, οὐθὲν ὦπται πλὴν ὅτι τοῖς ζεφυρίοις φαίνονται.

2) *Iliad.*, I, v. 5; XVIII, v. 271.

3) Plut., *Quaest. Rom.*, 93 : διὰ τί γυψὶ χρῶνται μάλιστα πρὸς τοὺς οἰωνισμούς; πότερον ὅτι καὶ Ῥωμύλῳ δώδεκα γῦπες ἐφάνησαν ἐπὶ τῇ κτίσει τῆς Ῥώμης; ἢ ὅτι τῶν ὀρνίθων ἥκιστα συνεχὴς καὶ συνήθης οὗτος; ...ἢ καὶ τοῦτο παρ' Ἡρακλέους ἔμαθον; εἰ λέγει ἀληθῶς Ἡρόδωρος ὅτι πάντων μάλιστα γυψὶν ἐπὶ πράξεως ἀρχῇ φανεῖσιν ἔχαιρεν Ἡρακλῆς ἡγουμένος δικαιότατον εἶναι τὸν γῦπα τῶν σαρκοφάγων ἁπάντων... Εἰ δὲ, ὡς Αἰγύπτιοι μυθολογοῦσι, θῆλυ πᾶν τὸ γένος ἐστί, καὶ κυΐσκονται δεχόμενοι τὸν ζέφυρον.. Cf. Horapoll., I, 11.

ventre rebondi tout plein de nourriture, ζατρεφεῖς, qui vivent en troupe, ἀολλεές, et sentent mauvais. Les grammairiens ont vainement cherché une étymologie de ce mot grec[1]. C'est peut-être qu'il est sémitique : la racine פּוק, *pouq*, signifie *boiter, chanceler, marcher en claudiquant et en butant*; φώκη serait un dérivé très régulier de cette racine : ϙ = פ, ω = ו, κ = ק. Et la marche du phoque justifierait cette appellation.

IV

Il suffit donc d'étudier « plus homériquement » les mots de l'*Odyssée* pour voir sortir du monde légendaire et surgir dans le monde réel ces terres homériques que l'imagination grecque n'a nullement inventées, mais que la docilité grecque a appris à nommer et à connaître dans les récits et les légendes, peut-être même dans les écrits et les poèmes des navigateurs préhelléniques. Que l'on cherche seulement et l'on trouvera, par cette double méthode des doublets et du nombre sept, bien d'autres exemples : je n'en citerai plus qu'un.

Les Phéaciens habitent *Scheria*, l'île fertile, l'île aimable. Les géographes anciens identifiaient cette Σχερίη à leur Κορκύρα, à notre Corcyre ou Corfou[2]. Ils semblent avoir raison. Car ce port des Phéaciens avait à l'entrée un signe de reconnaissance, un rocher qui ressemblait à un vaisseau noir et l'*Odyssée* connaît l'origine de cette ressemblance : Poseidon, pour punir les Phéaciens d'avoir reconduit Ulysse à Ithaque, avait pétrifié leur vaisseau noir et leur équipage au moment où ils regagnaient leur port[3]. Sur la côte de Corfou, le petit rocher que nos marines appellent *la Barquette* émerge encore aujourd'hui[4].

Une autre île Κερκύρα au fond de l'Adriatique était appelée

1) Cf. Ebeling. *Lexic. Hom.*, s. v.
2) Strab., VI, 3, 6.
3) *Odyss.*, XII, v, 159 et suiv.
4) *Instruct. naut.*, n° 681, p. 16.

Κορκύρα *la Noire*, Κορκύρα Μέλαινα. Or la traduction exacte de μέλαινα est שחרה, que l'Écriture vocalise *Sachora* mais dont la transcription en Σχερίη serait tout à fait adéquate : σ = ש, χ = ח, ρ = ר, ι = ה. D'autre part les Chypriotes appelaient κέρκουρος une sorte de vaisseau léger et rapide, et ce mot de κέρκουρος se retrouve dans Hérodote appliqué à la flotte perse dont les Sidoniens avaient fourni la majeure partie[1]. Les Hébreux avaient l'épithète כרכרה *kirkara* pour les chamelles de course. Les Arabes ont le mot *kourkour* pour les bateaux de course. « Et les Phéaciens se demandaient entre eux : « Qui donc a fixé au milieu des flots notre vaisseau de course, νῆα θοήν, quand il poussait vers le port[2] ? »

Le pays des Phéaciens est donc l'île du *Croiseur Noir*, Κερκύρα Σχερίη. L'épithète θοή donne à cette traduction une précision qui n'est pas fortuite, car le poète y revient sans cesse : ce vaisseau des Phéaciens est bien un navire de course, ῥίμφα διωκομένη, ῥίμφα θέουσα, qui court à la surface de l'eau,

> ὑψόσι ἀειρόμενοι ῥίμφα πρήσσουσι κέλευθον...
> .... ἐν νηὶ θοῇ ἐπὶ πόντον ἄγοντες...[3]

et le rocher qui est près de la terre est bien semblable à un navire de course, λίθον ἐγγύθι γαίης νηὶ θοῇ ἴκελον[4]. L'onomastique moderne rend la même idée par son diminutif *barchetta* : ce n'est pas un gros vaisseau lourd, mais un canot léger.

Ces Phéaciens, nous dit l'*Odyssée*, n'étaient pas des autochthones : ils étaient jadis fixés au pays d'*Hypérie*, Ὑπερείη, auprès des Cyclopes et ils étaient venus s'installer dans cette île Σχερίη pour faire le métier de convoyeurs et de passeurs, πομποί[5]. Leurs chefs et leurs rameurs portent des noms grecs tous empruntés aux métiers de la mer, Ναυσίθοος, Ναυσικάα, Ποντόνοος, Ναύτευς, Ἐρέτμευς, etc. Mais je reviendrai plus longuement quelque jour sur cette histoire des Phéaciens, sur Hypérie et sur la

---

1) Plin., *Hist. Nat.*, VII, 56. Hérod., VIII, 97. Cf. H. Lewy, *op. laud.*, p. 152.
2) *Odyss.*, XIII, v. 168.
3) *Odyss.*, XIII, v. 83, 88 et 136.
4) *Odyss.*, XIII, v. 156-157.
5) *Odyss.*, VI, v. 4.

terre des Cyclopes : ici encore nous avons peut-être dans l'*Odys-sée* quelques doublets faciles à reconnaître. Il me semble que des faits exposés ci-dessus une conclusion déjà se dégage : c'est que l'*Odyssée* date d'une époque où les souvenirs phéniciens étaient encore vivants dans toutes les mers grecques, et où les Hellènes ne connaissaient encore les parages de la mer Occidentale que par les récits des Phéniciens. Il faut noter qu'à l'appui de ces textes homériques, les textes des historiens subséquents peuvent nous donner quelques bons arguments.

Car, à l'époque historique, nous voyons bien que le nombre *sept* joue encore le même rôle dans l'onomastique et les légendes des mers incontestablement fréquentées par les Phéniciens et d'autres Sémites. Sur les côtes de Mauritanie, se dressait le promontoire des Sept-Frères, et c'est à six jours de la Bretagne, que se trouvait l'île Mictis où l'on allait chercher le plomb blanc[1]. Ἕϐδομος est une ville carthaginoise. Sur la côte chaldéenne du Pont-Euxin, Strabon connaît les Sept-Bourgs, et, en Arabie, les Sept-Puits, Ἑπτακωμῆται, Ἑπτὰ φρέατα. Hérodote savait déjà que, pour les cérémonies du serment arabe, il fallait sept pierres dressées[2]. Quand le même Hérodote nous décrit le bazar phénicien installé sur la plage de l'Argolide, ce sont les mêmes chiffres que dans l'*Odyssée* : le marchée dure cinq ou six jours; le septième, on ferme et l'on embarque[3]. Hérodote encore, sans le vouloir, nous fournit un meilleur argument dans son récit de la colonisation théréenne[4].

L'île de Santorin, jadis appelée Καλλίστη, aurait reçu ce premier nom des Phéniciens et de Kadmos, qui y avaient laissé une colonie. Un descendant de Kadmos, venu de Laconie et nommé Théras, lui donna ensuite le nom de Θήρα : elle avait gardé son premier nom durant *huit* générations. Or, un descendant de Théras, qui régnait sur l'île, étant allé consulter l'oracle, la Pythie lui ordonna de coloniser la Libye. Mais c'était pour les Théréens

1) Hyg., *fab.* 65.
2) Hérod., I, 1.
3) Plin., V, 16.
4) Hérod., III, 8.

une contrée inconnue et ils négligèrent l'oracle : pendant *sept* ans ils n'eurent pas de pluie. La Pythie, consultée de nouveau, répéta ses ordres. Un Crétois d'Itanos commença alors une expédition théréenne et découvrit sur la côte d'Afrique l'île Plate. Les Théréens prennent des colons dans leurs *sept* cantons, ἀπὸ τῶν χώρων ἀπάντων ἑπτὰ ἐόντων, et l'on fonde sur la côte en face de Platea, la ville d'Ἄζιρις, où l'on reste six ans ; mais la *septième* année, on abandonna Aziris pour Cyrène [1].

Ce récit est beaucoup moins légendaire qu'on ne pourrait croire. Il contient une part de réalité indiscutable. Théra devait avoir sept cantons, et le nombre sept devait jouer un grand rôle dans ses institutions, ses mœurs et ses légendes : les Théréens, dit Eustathe [2], ne pleuraient ni ceux qui mouraient à cinquante ans ni ceux qui mouraient à sept. Quant à la colonisation par les Phéniciens, rien ne permet de suspecter le témoignage d'Hérodote, que confirment tous les dires des anciens et que vérifie l'étude des lieux et des noms. Si jamais les Phéniciens ont fréquenté l'Archipel, Théra dut être une de leurs stations. Théra et Milo sont, en effet, dans le même rapport que Syra et Myconos : pour une marine orientale, Théra est exactement ce que peut être Milo pour une marine occidentale. Car ces deux îles sont les premières que rencontrent les navigateurs, soit qu'ils viennent de la Crète, soit qu'ils arrivent de plus loin, après avoir franchi les deux portes du levant et du couchant.

Du jour où les Francs entrèrent dans l'Archipel, Milo devint une de leurs relâches, tout comme Mycono, « et son port, qui est des meilleurs et des plus grands de la Méditerranée, sert de retraite à tous les bâtiments qui vont en Levant ou qui en reviennent, car elle est située à l'entrée de l'Archipel » [3] : pendant deux siècles, Milo fut la grande foire de l'Archipel ; les Français y étaient toujours en nombre ; ils y avaient des églises et des capucins : » Le roi a donné mille écus pour cet édifice ; les marchands

<hr>

1) Hérod., IV, 145 et suiv.

2) Eustath., *Comment. ad Dion.*, 530 ; dans les légendes mythologiques, l'une des *sept* Niobides s'appellent Théra.

3) Tournefort, I, p. 174.

françois, les capitaines de vaisseaux, les corsaires mêmes ont
contribué selon leurs facultés »[1]; les Miliotes s'étaient mis au
service de l'étranger : « par l'usage et la connaissance des terres
de l'Archipel, ils servent de pilotes à la plupart des vaisseaux
étrangers ». Pour les Phéniciens, Théra et ses habitants purent
et durent jouer le même rôle. Au temps de Tournefort, on allait
de la Crète aux Cyclades en partant des ports occidentaux de la
Crète, la Sude ou la Canée, et en pointant sur Milo. Hérodote
nous parle des mêmes rapports entre Théra et Itanos, qui est le
port le plus oriental de la Crète. Au débouché du détroit de
Kasos, Théra s'offrait aux Orientaux comme Milo s'offre aux
Occidentaux après le détroit de Cythère, et c'est vers l'est que
Théra présente ses mouillages, de même que Milo ouvre sa
grande rade vers l'ouest. La partie occidentale de Théra est, en
effet, un volcan effondré, dont le cratère sous les eaux fait bouil-
lonner le centre de la rade. Cette rade est sans côtes et sans
mouillage; partout des falaises tombant à pic bordent une mer
sans fond. Au sommet de la falaise, les villages dominent la mer
de plusieurs centaines de mètres : le seul lieu de débarquement
possible, l'Échelle actuelle, est au ras de l'eau sur une petite plate-
forme naturelle, à peine assez grande pour avoir quelques maisons
et en dedans de laquelle, le long de la falaise à pic, un escalier
monte à la ville ; les navires se fixent à l'Échelle par des chaînes
qu'ils attachent à des bornes taillées dans la falaise ; mais il n'y
a pas de mouillage[2]. La face orientale de Théra, au contraire, est
faite des pentes de l'ancien volcan ; c'est un long talus de pierres
ponces, qui descend jusqu'à la mer Orientale. De ce talus, émer-
gent quelques hauts massifs calcaires, dont les extrémités plon-
gent dans la mer en deux caps accores ; entre ces caps, une plage
ouverte au sud-est s'offre pour le débarquement des Levantins.
C'est sur l'un de ces caps, dominant l'aiguade et le mouillage,
qu'était jadis la ville d'Οἴη ; les rochers voisins sont creusés de
très nombreuses chambres funéraires, que l'on s'accorde à rap-
porter aux Phéniciens.

1) Tournefort, I, p. 178.
2) *Instruct. naut.*, p. 204.

Théra aurait donc été ou pu être la Milo phénicienne. Or son nom primitif serait Καλλίστη, la *Très Belle*, un nom sûrement grec, quoiqu'on ait voulu lui trouver une étymologie hittite [1]. Le mot hébraïque תאר, *ta-r*, qui désigne la forme, la stature, est ordinairement joint à un adjectif *beau* pour faire une épithète laudative, יפה־תאר; mais il se rencontre aussi dans les locutions de de l'espèce איש־תאר, *vir formae*, pour dire *vir formosus*, et ces locutions peuvent être appliquées aux choses : un beau fruit sera פרי־תאר. Ce mot se retrouve dans les inscriptions phéniciennes et les éditeurs du *Corpus Inscript. Semiticarum* le rendent par *decus*. La locution א'־תאר, *Ai-t-a-r*, rentrerait dans la série ci-dessus, *insula formosa*, καλλίστη, de même que, dans la Bible, on trouve אבנ־חן, mot à mot *petra gratiae*, pour dire *pierre précieuse*.

M. R. Dussaud me suggère pourtant une autre explication. Le n° 64 du *Corpus Inscriptionum Semiticarum* est une inscription chypriote de quatre mots : *Teora, uxor Melekiatonis architectonis*, traduisent les éditeurs. Mais le nom propre תארא les choque et ils y voient la transcription fautive du grec Θεοδώρα, avec une grossière erreur du lapicide. Cette erreur est peu vraisemblable et la seule raison que l'on donne pour en légitimer l'hypothèse est que ce nom de femme, si elle était phénicienne, devrait s'écrire תארה et non תארא. Les noms de femmes sont extrêmement rares dans les inscriptions phéniciennes. Mais le n° 51 du *Corpus* nous en fournit un, qui ne laisse aucun doute, c'est celui de *Sema* שמא, fille d'Azarbaal : c'est une forme en א, exactement comme notre תארא, qu'il faut donc maintenir dans l'onomastique phénicienne et traduire, comme le voulait Schröder, par *formosa*. D'ailleurs, même indépendamment de ce qui précède, si de la racine תאר on voulait tirer un nom de lieu, on aurait encore תארא, comme מלך a donné מלכא, et קרן a donné קרנא, etc.

Que l'on choisisse celle que l'on voudra de ces deux explication, il n'en reste pas moins qu'il faut penser ici à la racine sémitique תאר, *t-a-r*; or le grec Θήρα en serait la transcription ré-

1) S. Reinach, *Chron. d'Orient*, II, p. 489 : « Καλλίστη est la grécisation d'un vocable pélasgo-hittite contenant la racine *khal* » et, sans doute, le suffixe *iste*.

gulière; car le *tav* initial est souvent rendu par les Grecs en θ,
comme dans Θάμναθα, Θαγλαφάλασσαρ, Θῶμας, etc. ; d'autre part
l'*aleph* intermédiaire est ici marqué par la longue η : c'est le seul
moyen que les Grecs avaient de le rendre quand ils ne le supprimaient pas ; le nom Θωμᾶς en est un autre exemple : Thomas,
le jumeau, ὁ Δίδυμος, vient évidemment de la racine תאם.

*
* *

Ici donc nous aurions encore un doublet gréco-phénicien,
Θήρα-Καλλίστη, et Théra aurait bien été la Milo phénicienne. Quand
les Francs disparurent de l'Archipel, Milo retomba dans son
obscurité. Dès que les guerres de la Révolution achevèrent de
détourner du Levant l'activité française, ce fut la mort pour elle,
et le citoyen G.-A. Olivier qui y arrive le 28 messidor de l'an II
déplore le misérable état de cette ville « qui ne le cédait naguère
à aucune autre de l'Archipel, mais qui ne présente plus que des
ruines aujourd'hui. Nous fûmes frappés de voir de toutes parts
des maisons écroulées, des hommes boursouflés, des figures éti-
ques, des cadavres ambulants. A peine quarante familles, la plupart étrangères, traînent leur malheureuse existence dans une
ville, qui comptait encore cinq mille habitants dans ses murs au
commencement de ce siècle... Nous fûmes voir les bains publics
nommés *Loutra*... Les Grecs accouraient autrefois de toutes les
Cyclades pour faire usage de ces eaux. Ces bains sont à peu près
abandonnés depuis que l'île a perdu sa population et que le port
ne reçoit presque plus de navires[1]. »

Milo n'a plus aujourd'hui ni port ni commerce : cette île qui
fournissait jadis des pilotes à tout le Levant, ne compte plus
qu'une centaine de matelots et une trentaine de barquettes. La
statistique officielle ne lui connaît que vingt-sept navires de moins
de trente tonneaux[2]. Pourtant des familles franques et des prê-
tres catholiques s'y sont maintenus jusqu'à nos jours. De père
en fils, telle de ces familles a gardé sa nationalité française et

---

1) A. Olivier, *Voyage dans l'Empire Othoman*, II, p. 202-217.
2) Ἐμπόριον τῆς Ἑλλάδος, Athènes, 1890, p. 436.

s'est transmis la charge d'agent consulaire de France. Les escadres françaises prennent encore à leur bord des pilotes de Milo... L'histoire de la phénicienne Théra dut être sensiblement pareille. Les Phéniciens disparus, elle dut voir aussi décroître sa population et sa richesse ; ses sept villes d'autrefois tombèrent au rang de bourgs inconnus ; sa fertilité même et sa beauté, καλλίστη, s'évanouirent : « Si M. de Tournefort revenait à Milo, écrit Savary en 1788, il ne retrouverait plus la belle île qu'il a décrite. Il gémirait de voir les meilleures terres sans culture et les vallées fertiles changées en marais. Depuis cinquante ans, Milo a entièrement changé de face[1]. »

Les mœurs et l'influence phéniciennes se maintinrent pourtant dans Théra, comme l'influence franque à Milo, longtemps après la disparition des flottes de Sidon. Les relations avec la Crète continuèrent, même quand l'île eut reçu de nouveaux arrivants, car cette nouvelle colonisation ne chassa pas les anciens possesseurs, οὐδαμῶς ἐξελῶν αὐτοὺς[2] ; elle ne fit que combler les vides, aussi que ferait aujourd'hui une colonisation de Milo. Ces nouveaux arrivants venaient du golfe de Laconie : c'étaient des pirates du Taygète. Après la disparition des marines franques, ces mêmes pirates reparurent. Quand Olivier arrive à l'Argentière en 1794, il trouve à moitié déserte cette île que Tournefort avait connue si florissante grâce au commerce des Francs : « Nous fûmes bien surpris de trouver les habitants sous les armes et surtout de les voir nous coucher en joue pour nous empêcher d'avancer. Nous ne tardâmes pas à savoir la cause de cette alarme. On nous dit qu'une vingtaine de Mainotes les avaient surpris un jour de fête et leur avaient enlevé leurs effets les plus précieux. Ces Mainotes habitent la partie méridionale de la Morée, les environs de Sparte, et plus particulièrement la partie qui s'étend jusqu'au cap Matapan. Cultivateurs ou pasteurs, marins ou pirates; suivant les besoins et les circonstances, ils sont tou-

---

1) Savary, *Lettres sur la Grèce*, p. 359.
2) Hérode, IV, 148.

jours prêts à quitter les petites villes qu'ils occupent sur les golfes de Coron et de Colocythia[1]. »

Ce sont aussi des Mainotes, des Minyens du Taygète que Théras aurait amenés à Callistè[2] et les descendants des Mainotes adoptèrent et continuèrent les relations commerciales de leur nouvelle patrie. Les Crétois d'Itanos viennent chez eux ; ils vont chez les Crétois d'Oaxos d'où ils ramènent des femmes, et ils ont chez eux des métis d'indigènes et de femmes crétoises[3]. Ils devaient, quoi qu'en dise Hérodote, n'avoir pas oublié les routes plus lointaines encore des marins de Sidon. Hérodote leur prête des sentiments d'Hellènes : quand l'oracle leur conseille d'aller en Libye, ils ne savaient, dit Hérodote, où ce pays pouvait bien être, οὔτε Λιϐύην εἰδότες ὅχου γῆς εἴη, et ils n'osaient pas se lancer ainsi dans l'inconnu, οὔτε τολμῶντες ἐς ἀφανὲς χρῆμα ἀποστέλλειν ἀποιχίην[4]. Ainsi raisonnaient en effet leurs contemporains de l'Hellade : quand après Salamine, les Ioniens veulent entraîner la flotte grecque vers la côte asiatique, les Grecs vainqueurs ne veulent aller que jusqu'à Délos ; au-delà, pour eux, tout semblait terrible, τὸ γὰρ προσωτέρω πᾶν δεινὸν ἦν τοῖσι Ἕλλησι, et ils connaissaient si peu les distances qu'ils croyaient par ouï-dire que Samos était aussi éloignée d'eux que les Colonnes d'Hercule, οὔτε τῶν χώρων ἐοῦσι ἐμπείροισι · τὴν δὲ Σάμον ἐπιστέατο δόξῃ καὶ Ἡραχλέας στήλας ἴσον ἀπέχειν[5]. Mais les Théréens n'en étaient pas là et quand ils se décident à coloniser la Libye, ils vont tout droit à une station phénicienne. Aziris, en effet, qu'Hérodote nous donne comme la première station des Théréens, semble bien avoir été d'abord l'une des étapes de la route phénicienne, que des noms sémitiques jalonnent, tout le long de la côte africaine, entre Tyr et Carthage. *Azar*, אזר, en hébreu et en phénicien. signifie *ceindre, entourer* ; c'est tout à fait la traduction du grec συγχλείω, employé par Hérodote pour nous décrire le site d'Aziris : Aziris, qu'en-

1) Olivier, II, p. 185-186.
2) Hérod., IV, 148.
3) Hérod., IV, 154 et suiv.
4) Hérod., IV, 150.
5) Hérod., IX, 132.

tourent à droite et à gauche deux beaux vallons avec un fleuve,
Ἄζιρις, τὸν νάπαι τε κάλλισται ἐπ' ἀμφότερα συγκλητίουσι [1]. On prouverait
facilement, de même, que les noms propres de la légende théréenne Κάδμος, Μεμβλίαρος, Ποικίλευς sont ou des adaptations ou
des traductions grecques de noms sémitiques.

Cette légende contient donc une grande part de vérité ; elle
n'est peut-être qu'une tradition tout à fait historique à peine
simplifiée et embellie ; le rythme sept que l'on y trouve doit être
un souvenir vivace de l'influence phénicienne, et c'est une preuve
a posteriori que les navigations par semaine de l'*Odyssée*, les
comptes par sixaine ou par semaine des poèmes homériques
sont un indice aussi de la même époque et de la même influence.
Je ne voudrais pas aujourd'hui dépasser la portée de ces consta-
tations. Je crois avoir établi que l'*Odyssée* est incompréhensible
si l'on ne peut pas recourir pour l'expliquer à des mots et à des
coutumes sémitiques. Reste à déterminer maintenant la place
probable que cette influence phénicienne peut avoir eue sur la civilisation homérique et, tout à la fois, sur les poèmes homériques eux-mêmes. Car ces navigations phéniciennes n'ont pu du-
rer des années et peut-être des siècles sans avoir laissé dans les
coutumes, les industries et les théories, tout aussi bien que dans
les noms de lieux et les légendes, une trace ineffaçable. Les récits
des Phéniciens d'autre part, dont nous avons, à n'en pas douter,
un écho dans les récits homériques, n'ont pu fournir le fond
de ces poèmes sans en déterminer pour une part aussi la forme
et peut-être le texte même. J'ai quelques raisons de croire qu'en
fin de compte il faudra mettre en tête de l'histoire littéraire des
Grecs la même influence orientale qu'en tête de leur histoire ar-
tistique. Je sais qu'il est de mode aujourd'hui de contester cette
influence ; mais Thucydide et Hérodote, que l'on peut avouer pour
témoins, y croyaient et je tâcherai d'exposer par la suite mes
raisons de croire à leur témoignage.

1) Hérod., IV, 158.

Imp. Camis et Cie, Paris. — Section orientale A. Burdin, Angers.